내가 단단해지는 시간들

내가 단단해지는 시간들

1판 1쇄 찍음 2022년 1월 14일
1판 1쇄 펴냄 2022년 1월 25일

지은이 이진미

주간 김현숙 | **편집** 김주희, 이나연
디자인 이현정, 전미혜
영업·제작 백국현 | **관리** 오유나

펴낸곳 궁리출판 | **펴낸이** 이갑수

등록 1999년 3월 29일 제300-2004-162호
주소 10881 경기도 파주시 회동길 325-12
전화 031-955-9818 | **팩스** 031-955-9848
홈페이지 www.kungree.com
전자우편 kungree@kungree.com
페이스북 /kungreepress | **트위터** @kungreepress
인스타그램 /kungree_press

ISBN 978-89-5820-758-0   03810

Edition L

내가 단단해지는 시간들

같이 읽기의 즐거움, 함께 읽기의 따뜻함

이진미 지음

궁리
KungRee

인생이라는 미완성의 그릇을 채우며 나아가기

사람은 누구든 자신의 본성과 운명에 관심을 갖고 있습니다. 자기 인생을 이야기할 수 있는 권한은 누구에게나 있지만, 유려하게 이야기로 써 내려가기 어려운 것이 자신의 삶인 듯합니다. 이런 이유로 우리는 영화나 드라마를 보거나 문학 작품을 읽으면서 나의 삶 또는 나와 함께 살아가는 사람들의 이야기를 들여다봅니다. 문학 작품은 일상적인 언어와 개념을 사용하여 어딘가 정말 있을 것 같은 살아 있는 사람의 이야기를 그려냅니다. 그러면 우리는 문학이라는 틀 속에 담긴 이야기를 여러 방향에서 읽습니다. 내가 살아온 시각에 따라 읽기 때문에 여러 갈래의 방향이 생깁니다.

우리는 읽기를 통해 인간의 삶을, 그리고 내 삶을 해석해갑니다. 사회학자 바우만은 『희망, 살아있는 자의 의무』에서 "삶을 살아가면서 실수를 피하거나 목적지에 반드시 도달하게 만드는 '성공의 보장 원칙'은 존재하지 않는다."(지그문트 바우만, 궁리, 2014, 204쪽)라고 말합니다. 만약 그런 책이 있더라도 영구히 빈 여백의 페이지들로 가득해야 하고, 새로운 원칙들이 첨가될 수 있는 빈칸을 남겨두어야 한다고 합니다. 1000페이지의 인생 백과사전이 있고 이 백과사전을 꼼꼼하게 읽어 인생의 기승전결을 모두 알고 있다고 하더라도 현실에서 인생의 희로애락을 비껴갈 수는 없습니다. 그럼에도 우리는 책 읽기를 통해 인생에는 불행과 실수와 실패가 있지만 그 속에 의미가 있으리라 믿으면서 인생이라는 미완성의 그릇을 채우며 앞으로 나아갑니다.

나는 왜 읽는가?

나는 왜 읽는가? 책 읽기를 좋아하는 독자라면 한 번쯤 스스로에게 해본 적 있을 법한 질문입니다. 나는 어떻게 살아가고 있는가라는 질문과도 비슷하리라 생각합니다. 저도 가끔 스스로에게 질문해보곤 합니다. 글자를 처음 읽었던 때부터 지금까지 인생의 다양한 단계를 거쳐왔고, 그 단계마다 늘 책이 곁에 있었습니다. 아마 모두 책과 처음 만났던 때의 기억을 가지고 있을 겁니다. 나의 첫 독서는 다섯 살이었습니다. 그림책이었던 첫 책은 아쉽게도 마지막 결말이 어떻게 되었는지 알 수 없는 채 영원한 물음표로 남아 있습니다. 놀이터에서 돌아와 보니 그 그림책이 사라지고 없었거든요. 무슨 일 때문인지 언니에게 화가 난 동생이 그림책을 뜯어 딱지로 만들어버렸기 때문입니다. 동생은 언니를 골려주는 가장 효과적인 방법을 찾았던 거죠. 사라진 책 때문에 분해서 빈 그림책 가방을 앞에 두고 엉엉 울었던 기억이 어렴풋합니다.

당시 집에는 어린아이가 읽을 책이 흔하지 않았습니다. 가끔 《주부생활》 같은 엄마 잡지를 읽으면서 문자가 펼쳐내는 이야기에 대한 호기심을 충족시키기도 했습니다. 글자가 왜 좋았는지 이유는 알 수 없지만, 화장실에도 늘 책을 들고 갔던 기억이 납니다. 앞이 트인 자연친화적 화장실에서 책을 읽다 보면 날씨가 좋은 날에는 대나무 잎이 흔들리는 소리가 들리고 가끔은 거기서 기어 나온 지네의 발소리에 놀랐던 적도 있죠. 대학에서 영문학을 전공할 때도, 졸업을 한 후로도 인생의 각 단계마다 책이 옆에 있었던 것 같습니다. 책들이 늘 답을 준 것은 아니지만 잘 살아가는 법을 알고 싶어서, 남들은 어떻게 살아가는지 보고 싶어서, 때로는 위로를 받기 위해서 책을 찾아 읽었던 것 같습니다.

상실이나 좌절이 마음에 가득 차 고통이 오래 지속될 때 책 읽기는 마음을 위로하는 효과 있는 약이 되기도 하죠. 좋아하는 후배가 잊히지 않는 말을 해준 적이 있습니다. 그녀의 사랑하는 조카가 잠시 만나자고 했는데 공교롭게 그날 다른 일이 있어 보지 못했고 얼마 지나지 않아 조카의 죽음 소식을 들었다고 했어요. 그녀는 만약 '내가 만났더라면'이라는 가정을 되풀이해서 했고, 너무나 슬펐고, 되돌릴 수 없음이 고통스러웠다고 했습니다. 그런 때 그녀는 존 스타인벡의 『에덴의 동쪽』을 펼쳐 읽었고, 이 과정이 그녀에게 영혼의 위로를 건넸다고 합니다. 미국의 어느 변호사는 사랑하는 언니가 췌장암으로 사망한 후 고통으로 잠을 이루지 못했고, 오랜 시간이 지난 어느 날 500페이지의 책을 하루 만에 단숨에 읽고는 편안하게 잠들었고 그 후로 매일 책 한 권 읽기 프로젝트를 시작했다고 합니다. 책의 내용이 위안이 되었을 수도 있지만, 책을 읽는 물리적 시간 그 자체와 순수하게 책 속에 몰입할 수 있음이 위안과 의미를 주었을 수도 있다는 생각이 듭니다.

이 외에도 나이 들면서 책 읽기가 주는 의미가 커진 사람들이 의외로 많습니다. 고등학교 수학교사인 친구는 우연히 독서 모임을 같이 하게 되었고, 지금은 문학 작품 읽기에 푹 빠져 전문적인 책 읽기 수업을 듣습니다. 아이 문제로 힘들 때 책 읽기가 위안이 되었다는 언니도 있고, 아이가 고3을 끝내고 대학에 진학한 후 더 열심히 책을 읽으며 책 읽기가 삶의 오아시스라고 하는 후배도 있습니다. 책으로부터 위안과 즐거움을 얻는 독자들이 더 많으리라고 생각합니다.

책이라는 끈! 함께 읽기!

나이에 따라 처한 상황에 따라 독서의 목적이 다를 겁니다. 초·중·고등학교에 다니는 아이들은 점수를 위해 책을 읽고 잘 읽기 위한 수업을 받기도 합니다. 직장인은 삶의 의미를 찾거나 재테크 방법을 찾기 위해 자기 계발서를 읽기도 할 것입니다. 어린 시절 터득한 책 읽기의 즐거움을 놓치고 싶지 않아 자기만의 공간에서 앉거나, 심지어 걸어 다니면서 읽기도 합니다. 각각 독서의 형태나 방법이 다릅니다. 하지만 자녀가 읽기 능력을 키울 수 있도록 아낌없이 지갑을 열고 격려해주는 엄마들은 읽기의 기회를 많이 갖지 못합니다. '나의 삶을 위한 읽기'라는 포괄적인 의무의 기회를 가져보는 것도 좋을 것입니다. 그럴 때 함께 읽기를 하면 효과가 큽니다.

같이 읽는 책들은 서로를 연결시켜주는 가늘지만 튼튼한 실이 되어 개별적인 우리를 묶어주기도 합니다. 좋아하는 후배가 장영희 교수님의 에세이에서 이름을 따온 '문학의 숲'이라는 독서 모임을 만들고 저를 초대해주었어요. 거기서 문학 작품 발제를 했고, 이 경험이 한 고등학교 학부모회 독서 동아리 어머니들과 문학 함께 읽기로 이어졌습니다. 지금도 일 년에 서너 번 학부모들과 계속 같이 읽고 있습니다. 그 이웃 고등학교에서도 그 소식을 듣고 책을 읽고 싶어하셔서 같이 읽기도 했고요.

어머니들과 함께 읽기를 시작할 때는 마음 한켠에 의문이 들었습니다. 학부모인 엄마들과 문학을 함께 읽는 일이 효과가 있을까, 엄마들이 문학을 좋아할까 하고요. 하지만 불필요한 걱정이었죠. 혼자 읽기는 어려울 수 있어도 함께 읽으니까 시작하기 수월했습니다. 무엇보다 책읽기 모임을 통해 오롯이 자신만의 시간도 가질 수 있었죠.

몇 년 전 학부모 독서동아리에서 버지니아 울프의 『댈러웨이 부인』을 함께 읽는 날이었습니다. 울프와 소설에 대한 설명이 이어진 후 한 어머니가 고개를 끄덕이며 말했습니다. "아,

그런 뜻이었군요. 제가 밥하고 청소하는 틈틈이 읽었는데 무슨 뜻인지 모르겠더라고요. 다시 읽으면 더 잘 읽을 수 있을 것 같아요." 어머니들도 살면서 한 번은 버지니아 울프 소설을 읽어보는 것도 좋겠다는 의미에서 이 책을 추천했고, 집안일 틈틈이 읽고 모두 모여 울프 이야기를 나눈 시간이었습니다.

틈틈이 읽기. 이렇게 분주한 순간 틈틈이 읽는 울프는 특별하고 색다르다는 생각을 했습니다. 연구 목적으로 연구실에서 읽고, 문학 이론을 적용하며 읽을 수도 있지만, 생활 속에서 읽기는 더 의미 있어 보입니다. 같이 읽으면 우리만의 독서 목록을 만들고, 문학 읽기에서 다른 분야 책 독서로도 넓혀갈 수 있습니다. 무엇보다 함께 읽을 수 있어서 의미가 더 클 것입니다.

모든 사람들의 삶은 다 반짝반짝 빛이 난다고 생각해요. 아름다운 형태로 존재하는 주변 사람들의 다양한 이야기를 문학 속의 이야기들과 연결해가다 보면 문학이 생각한 것보다 더 재미있고 구체적으로 다가오지 않을까 생각합니다.

차례

자기만의 방을 찾아서

도리스 레싱, 『19호실로 가다』

집 울타리에 생긴 균열, 보이지 않는 적

일주일에 사흘씩 오전 10시부터 오후 6시까지 낡은 호텔의 낯선 방으로 가는 여자가 있습니다. 이 여자에게는 멋진 집과 가정이 있습니다. 여자가 집을 나서는 이유는 무엇일까요? 도리스 레싱의 『19호실로 가다』를 읽고 나면 '그녀는 왜 그랬을까?' 하고 자꾸 묻게 됩니다. 우선 견고한 가정의 울타리를 뚫고 침범한 적에 대한 은유를 같이 나누고자 합니다.

1985년 어느 날, 저의 아버지와 함께 밖에서 일을 하시던 어머니께서 한 곳을 바라보시며 '우리 저기에 집을 지읍시다.' 라고 말씀하셨어요. 그후 여러 단계를 거쳐 증조할아버지 때부터 살아온 오랜 집을 떠나 새 집을 짓게 됩니다. 이사 후 휑

한 마당을 채우기 위해 방죽에서 잔디를 캐 와서 마당에 깔고, 울타리에는 키 작은 관목을 삥 둘러 심었습니다. 앞으로 논이 펼쳐진 곳에 세워진 붉은 벽돌집은 5월이면 잔디와 나무들로 녹음이 우거졌습니다. 세월이 거듭될수록 잎이 몇 없던 울타리 나무는 점점 무성해졌고, 다양한 과수나무들은 차례로 넓은 마당을 채웠고, 들의 거친 잔디는 집 마당 흙에 순응하여 곱게 번져갔습니다.

25년 후 이 붉은 벽돌집에 보이지 않는 적이 출몰합니다. 이 적은 거침없이 안방까지 진입을 시도했습니다. 낮잠을 자다 일어나신 아버지께서 그 적과 눈이 마주쳤고, 안방 미닫이문을 번개처럼 닫아 적을 몰아냈습니다. 이제 끝났구나 하는 여유도 잠시. 다음날 아침에 일어나 화장실을 다녀온 어머니는 현관에 똬리를 튼 또 다른 적을 발견합니다. 어머니의 순발력과 담력은 아버지의 그것에 결코 뒤지지 않았으며, 훨씬 더 빠르며 담대했습니다.

그렇게 몰래 집에 들어온 적을 무찌른 부모님은 그 적들이 감히 어떻게 침범하여 당신들을 불안에 떨게 했는지 철저한 조사에 돌입했습니다. 25년 넘게 초록이 무성한 마당은 인간인 우리 가족뿐만 아니라 온갖 생명체가 공생하는 공간으로 진화했답니다. 그중 뱀들이 겨울잠을 잘 시기가 되었고, 보금자리를 찾는 중에 따뜻한 기운이 나오는 구멍을 발견하면서 예상치 않게 집 안으로 들어온 것이었습니다.

겨울이 지나고 봄이 돌아오자 잠에서 깨어난 적들은 봄 들판으로 나가려 했으나 그만 출구를 찾지 못했습니다. 이리저리 헤매다 집의 안쪽으로 나 있는 다른 구멍을 발견하고 안으로 들어와버린 거죠. 80년대 지방 소읍 건축 공법에 맞도록 지어진 집에는 외벽과 내벽 사이에 공간이 있었고, 몇 해 전 에어컨 설치를 위해 구멍을 뚫으면서 외부와의 연결 통로가 만들어지고, 그 틈으로 적들이 침입한 것으로 드러났습니다. 부모님은 온 집을 샅샅이 뒤져 틈을 메꾸며 다시는 적들이 집을 넘볼 수 없도록 단단히 마무리하셨습니다. 그 사건 이후 고향집에서 잠을 자는 날에는 행여 남아 있는 그 적들이 있을까 봐 사시나무처럼 온몸의 감각을 깨워 방 안 곳곳을 샅샅이 살펴보기도 했습니다.

도리스 레싱의 삶, 그 속의 틈

90세의 나이에도 에너지 넘치는 모습이었던 작가 도리스 레싱은 '찢기고 상처 받고, 실패하더라도 이야기를 통해 자신을 재창조해간다.'고 말했어요. 그녀는 평범한 일상을 그리지만 질문을 하게끔 하는 이야기를 썼어요. 『19호실로 가다』에는 어떻게 보면 실제 존재할 것 같은 중산층 가정의 아내가 나옵니다. 하지만, 작가도 독자도 주인공도 결말에 대해서는 명확하게 알지 못한다는 사실이 아이러니합니다.

완벽한 집, 완벽한 아이들, 완벽한 가정 속에서 바쁘게 지내던 수전 롤링스는 어느 날 문득 혼자만의 공간을 찾아 집을 나옵니다. 왜일까 궁금해서 끝까지 읽어도 정확한 답은 나오지 않아요. 추측할 뿐이죠. 작가는 친절하게 설명해주지 않고 그냥 보여주기만 합니다. 작가 자신도 수전이 왜 그랬는지 자세히 이해하진 못한다고 말하기도 했으니까요. 주인공 수전 롤링스도 자신이 원하는 바를 정확히 알지 못했을 겁니다. 합리적인 말로 설명할 수 없지만 그녀의 내면 어딘가에 균열이 생겼기 때문에 완벽한 집 안에서 만족할 수 없었기 때문이리라 생각됩니다. 모든 부분에서 완벽하고 싶으나 그 완벽에 금이 가고, 피로를 느낀 나머지 혼자가 되고 싶은 마음이 든 거죠.

작가 도리스 레싱은 자신의 경험을 통해 보편적인 주제를 담았습니다. 레싱이 작품에서 다루는 대표적인 주제는 이념 갈등, 성 차별, 인종 차별입니다. 이 주제들은 모두 그녀의 삶

에서 나온 것이죠. 그녀는 글쓰기 형식을 선택할 때도 실험적
이었습니다. 주제를 효과적으로 표현하기 위해 다양한 장르
를 시도했어요. 소설, 에세이, 메모, 공상 과학 소설 등 다양한
장르를 넘나들며 자신의 주제를 담았습니다.

삶의 틈에서 나온 레싱 이야기

레싱의 소설에는 자전적인 요소가 많습니다. 작가의 성장
배경과 소설 집필 전까지의 삶은 다채롭습니다. 어머니와의
갈등, 이란에서 태어난 후 짐바브웨에서의 생활, 13세에 학교
에서 자퇴하고 독학, 공산당 가입 이력 등이 소설 창작에 영
향을 주었죠. 그녀 삶의 경험과 그 속에 생겨난 균열이 소설의
소재가 된 것입니다. 누구나 살아가면서 삶에 균열이 생깁니
다. 레싱의 경우 태어날 때 첫 번째 균열이 생깁니다.

1차대전이 끝난 이듬해 1919년 영국령 페르시아(현 이란)
에서 영국인 부모 아래 태어났는데 아들을 기대한 부모는 딸
의 이름을 준비하지 못했어요. 그래서 의사가 즉흥적으로 '도
리스'라는 이름을 제안했죠. 작가의 어머니는 간호사였고, 아
버지는 전쟁에서 다리를 잃은 영국군인이었습니다. 어릴 적
아버지가 하도 전쟁 당시 참혹한 이야기를 많이 들려줘서 어

린 레싱은 '삶은 어둡게 운명 지워져 있는 거구나.' 느끼곤 했답니다. 어머니와의 관계는 좋지 않았어요. 훗날 어머니와의 문제로 인해 정신과 상담을 받은 적이 있고, 그 경험도 글의 소재가 됩니다.

레싱 소설 속에는 아프리카에서의 경험도 반영되어 있어요. 1925년 레싱의 가족은 먼 아프리카 대륙의 남부 로디지아 (현 짐바브웨) 옥수수 농장으로 이주합니다. 아버지가 아프리카에서 옥수수 농장을 하면 돈을 많이 벌 수 있다는 꼬임에 빠져 넓은 농장 토지를 구입하고 이사를 간 겁니다. 어머니의 여행 가방에 담긴 실크 드레스는 진흙투성이인 이곳에서 더 이상 어울리지 않았죠. 그래도 더 필사적으로 문명화된 생활을 하려고 노력했습니다. 반면 아버지는 기대했던 옥수수 농장에서 돈을 많이 벌지 못하자 힘들어했어요.

레싱은 자신의 어린 시절은 기쁨과 고통이 뒤엉켜 있었다고 고백한 적이 있습니다. 아프리카의 초원이 위로가 되긴 했지만, 딸을 잘 키우려는 어머니는 강박이 심했고, 그럴수록 어린 도리스는 벗어나려고 애를 썼습니다. 늘 어떻게 하면 어머니에게서 벗어날 수 있을까 꿈꾸었다고 합니다. 작가가 되려는 구체적인 생각을 하진 않았지만, 불행한 어린 시절이 창조적인 작가를 만들어낸 것은 사실입니다. 불행했던 어린 도리스는 영국에서 배달되어 온 디킨스, 로렌스, 톨스토이, 도스토옙스키 등의 작품을 읽으며 상상력을 키웠습니다.

레싱은 자신에게 주어진 운명에 맞추려 하지 않고, 도전하려고 했습니다. 옥수수 농장에서 성장하면서, 흑인 노예들이 받는 차별과 억압을 직접 확인했고, 가까이에서 흑인 노예를 지켜본 경험은 첫 번째 소설인 『풀잎은 노래한다』의 소재가 되었죠. 13세에 가톨릭 여자 학교를 자퇴하고, 15세에 독립한 후 베이비시터, 전화교환원, 타이피스트로 일하며 소설 습작을 시작했습니다.

삶의 또 다른 균열이 벌어진 사건은 두 번의 결혼과 이혼이었습니다. 이때의 경험으로 레싱은 여성의 삶과 성차별에 관심을 갖고 소설에 담아낸 듯합니다. 두 번의 결혼 생활을 통해 결혼 제도 속 여성의 삶에 대해 깊은 통찰을 얻었을 겁니다. 레싱은 19세에 공무원과 결혼하지만 엄마와 아내의 역할에 숨 막히는 권태감을 느끼고 이혼합니다. 이때의 경험을 '지루함의 히말라야를 오르는' 것과 같았다고 표현했습니다. 그 후 공산주의 독서 클럽에 가입하여 두 번째 남편을 만나 한번 더 결혼하지만 이혼합니다.

1949년 두 번째 결혼에서 태어난 아들 피터와 런던으로 돌아오고 첫 번째 소설을 발표합니다. 런던으로 돌아온 레싱은 '자기만의 방'을 찾아서 집을 수십 번 옮겨 다니며 많은 작품을 발표하고 주목을 받습니다. 공산당에 가입하기도 했고, 아파르트헤이트에 반대하기도 했고, 핵전쟁에 대해 반대를 표하기도 했습니다. 1962년 대표작『금색 공책』은 페미니즘 소설로 평가를 받았지만, 자신은 그렇게 불리길 원하지 않으며, 인간의 삶에 대한 통찰을 담은 작품으로 평가되길 원했습니다.

보이지 않는 적이 침범한 집을 벗어나다

도리스 레싱의『19호실로 가다』는 1963년 발표된 단편집에 수록된 작품입니다. 이 단편은 레싱이 마흔 즈음, 그러니까 두 번의 이혼 후에 발표했지만, 실제 그녀 삶에서 결혼과 육아로부터 받은 단상이 나타나 있어요. 소설 속 수전 롤링스는 결혼 전 잘나가던 광고업계에서 일했지만 늦은 나이에 결혼을 하고, 겉으로 보기에는 누구나 부러워하는 완벽한 가정을 꾸리며 살고 있습니다. 그러던 어느 날 정원에서 낯선 적의 모습을 발견하고, 철저한 자기만의 공간을 찾으려고 합니다. 하지만 혼자의 시간이 필요한 엄마에게 주어진 집 맨꼭대기 방은 결국 또 다른 가족실이 되어버립니다.

수전의 내면에서는 이름 모를 짜증과 분노가 울부짖죠. 수전의 적이 된 악마는 남자의 형상을 하고 정원 벤치 위에 앉아 있었고 그 모습을 본 수전은 공포를 느낍니다. 그 공포가 수전의 안으로 들어가 그녀를 차지할까봐 공포를 느끼는 겁니다. 수전은 어디든 아무에게도 알리지 않고 혼자 조용히 앉아 있을 수 있는 공간을 꿈꿉니다. 그러다 찾은 호텔방에서 그녀는 혼자일 수 있었고, 그녀를 짓누르는 압박이 조금 사라집니다.

그 어디에서도 찾을 수 없는 혼자만의 공간

수전은 주위에서 만들어준 역할에 맞추어 열심히 그 역할들을 수행하느라 바쁩니다. 진정한 자신이 되기를 추구하지만 역시 쉽지 않습니다. 그래서 탈출구를 찾습니다. 수전은 반복해서 싸움, 분노, 화, 비난을 억누르면서 지성의 힘은 그것들을 받아들일 수 없다고 말해요. 아무 문제가 없다. 질서 있게 잘 돌아간다. '모두 건조하고 무미한 삶을 살지만 그게 뭐 문제가 되겠어. 내 내면의 폭풍과 모래구멍 따위 내가 잘 아니까 나는 괜찮아. 아이 넷을 낳고 키우면서 12년간 나만의 시간을 가진 적이 없지만, 쉰이 되면 나 혼자만의 시간을 가지고 나를 꽃피울 거야. 다시 내가 되는 방법을 찾을 거야. 나는 괜찮아, 나는 할 수 있을 거야. 내 지성의 힘으로 극복할 거야. 남편도 그랬잖아. 그리고 위로해줬잖아. 내 시간이 있을 거라고. 맨 꼭대기 방에 내 방도 만들어줬고.' 계속해서 스스로에게 되뇌지만 마음 깊숙한 곳에서는 벌써 틈이 생기기 시작한 거죠.

그토록 열심히 해온 자신의 역할에서 의미를 찾지 못하는 수전의 상황은 부조리합니다. 남편과의 관계, 네 아이와의 관계, 가정부와의 관계, 관계 속에서 소통 부재, 특히 남편은 좋은 남편이지만, 계속해서 수전의 역할을 규정합니다. 부엌에서 요리하기. 아이 챙기기. 바느질하기. 그 속에서 수전은 끊임없이 외롭습니다. 수전은 자기만의 공간을 원했고, 그 공간을 사기 위해 남편으로부터 얼마간의 돈을 받죠. 결국 그 돈의 사용처를 찾던 과정에서 수전의 비밀공간을 남편이 알게 되고, 수전은 다른 남자가 있다는 거짓말을 합니다. 수전은 사회로부터 부여 받은 이름이 필요하지 않은 공간, 사회적 관계망이 부재하는 자유로운 공간을 원한 것입니다. 하지만 수전은 집 속의 다락방에서 여행지로 다시 낡은 호텔의 19호실로 공간을 옮겨보지만 혼자만의 공간에 머문다는 것은 근원적으로 불가능함을 깨닫습니다. 이 소설의 결말은 직접 꼭 확인해보

시기 바라요.

가정의 천사를 죽여야 한다

서구사회는 전통적으로 합리성을 중요시하는 사회입니다. 소설 첫 부분에서 작가는 '이것은 지성의 실패에 관한 이야기'라고 쓰고 있습니다. 런던 교외의 멋진 주택, 완벽하게 잘 자라는 귀여운 아이들, 그리고 집안일을 돌봐주는 파크스 부인까지. 수전의 가정은 합리적 이성에 근거하여 너무나 완벽한 가정의 모습입니다. 사회 통념에 비추어볼 때 현재 수전이 가진 집, 아이, 남편은 행복의 모습에서 한치도 어긋남이 없습니다. 모든 것을 갖춘 상태이고, 아마 수전의 이성 속에도 이런 모습이 가장 베스트라고 저장되어 있을지도 모릅니다.

그래서 속박, 짜증, 분노, 이런 단어는 지성으로 억누르려고 합니다. 이렇게 잘 갖춰진 가정의 모습은 수전이 지성적으로 생각했을 때 갖고 싶고 이루고 싶은 모습이었겠죠. 하지만 수전이 가진 합리적 지성은 학습되거나 외부로부터 받아들인 사회적 통념일 뿐 수전 자신의 정체성을 확인하는 데는 도움이 되지 않습니다. 이 부분은 도리스 레싱 자신의 통찰과도 일치합니다. 도리스 레싱은 여성이 아이를 낳으면서 삶이 멈춘

듯 느끼거나 대부분 신경증에 걸리는데, 그 이유는 학교에서 배운 것과 실제 일어나는 일이 일치하지 않기 때문이라고 생각했습니다.

수전이 자신의 가정에서 만족하지 못하는 모습은 사회적 시각에서 보면 비정상적인 상태입니다. 수전도 자신에게 찾아오는 마음의 적은 비이성임을 알고 있으므로 남편에게 말로 표현할 수 없습니다. 수전이 존중하고 좋아하는 이성적 자아가 실제의 결혼 생활에서 균열을 감지하고, 불안한 자신을 받아들일 수 없는 것이죠. 수전은 사회 전반적인 관점을 자신의 지성이라고 믿었고, 남편도 같은 합리성을 가지고 있었으며, 남편에게는 문제가 없는 합리성이, 수전에게는 균열을 가지고 온 것입니다. 완벽함 속에 꽉 묶인 삶. 그 속에 틈이 벌어지니까 불안이 다가온 것입니다.

수전이 가진 합리적인 이성과 이상적인 아내의 모습은 빅토리아 시대 가정의 천사와 비슷합니다. 영국에서 빅토리아 여왕이 재위했던 1837년부터 1901년까지가 빅토리아 시대입니다. 이 시기 중산층 가정의 아내를 '가정의 천사'라고 불렀습니다. 가정의 천사? 어떤 의미인지 바로 느낌 오시죠? 진정한 아내의 힘은 가정을 신성한 곳으로 만든다! 여성은 집에서 자녀와 집을 돌보며 바깥일에는 순진해야 하는 천사 같은 존재가 그 당시 현모양처의 모습이었던 거죠. 어찌나 이 이미지가 강했던지 버지니아 울프는 여성이 글을 쓰려면 500파운드와 자기만의 방도 물론 있어야 하지만, 무엇보다 이 가정의 천사를 죽여야 한다고 다소 과격하게 주장했을 정도입니다. 영국 전통사회에서 이어져온 가정의 천사로서의 아내의 이미지가 수전의 마음속 어딘가 붙박여 있었을 것이고, 그 이미지에 맞춰 살아가는 것이 합리적이라 생각했을 듯합니다.

레싱이 이 소설을 썼던 영국 사회는 2차 세계대전이 끝나고 새로운 세계, 새로운 자아를 모색하던 시기였습니다. 카뮈나 사르트르의 실존주의 영향을 받기도 했어요. 2차 세계대전 이후 사람들은 모든 혁명이 폭력적인 것으로 끝나는 모습에 절망했지요. 그래서 전후 젊은이들은 새로운 세계를 찾으려고 했습니다. 그중 여성의 순종적인 태도가 강요되었던 빅토리아 시대의 이미지로부터 벗어나려는 움직임도 있었을 것이고, 그런 사회적 흐름이 『19호실로 가다』에 반영될 수도 있었겠다 생각됩니다.

뭔가 중요한 느낌인데 확 와닿지 않았던 말, '너의 세계'

두 아이가 유치원에 다닐 때쯤 당시 미혼이던 선배 언니가 저에게 묻더군요. "결혼하면 너의 세계가 무너지지 않니?" 결혼 후 아이를 낳고 키우느라 나의 세계, 내가 좋아하는 것을 찾을 시간적 여유가 없어서인지 자아 정체성에 관한 그 질문은 당시 아득한 신기루처럼 들렸습니다. 주위 친구들에게서 자주 듣는 말도 있습니다. 하루 세 끼 차리는 것이 너무 힘들다, 아이들 방학이면 사라지고 싶다, 땅 속으로 꺼지고 싶다고요. 그래서 공항버스를 타고 공항으로 가는 친구도 있습니다. 비행기는 타지 않더라도 넓은 공항에서 떠나고 도착하는 사람들을 보며 혼자만의 시간을 갖는 거죠. 혼자만의 공간을 간절히 바라거나 실제로 오롯이 자기만의 공간을 위해 가끔 떠나는 거죠.

얼마 전 『내가 누군지도 모른 채 마흔이 되었다』는 책의 한 구절이 뒤통수를 치듯 강렬하게 와닿았어요.

"결혼은 개성화를 위해 존재한다."(제임스 홀리스, 더퀘스트, 2018, 108쪽)

우리가 사회적으로 만들어진 대본, 가정의 천사, 사랑의 결실, 신성한 모성애, 성공적인 육아, 나의 일에 충실하여 결혼을 하였지만, 애정관계가 분노로 오염되면서 우울, 의미 상실, 외도, 이혼의 문제가 나타나게 됩니다. 결혼은 각자의 개성화를 위해 존재해야 합니다.

이 개성화란 멈추지 않고 계속되는 자신의 발전과 성장이 아닐까 생각합니다. 외부에서 규정한 역할에 묶여 정체되지 않고, 스스로 끊임없이 생각하고 나아가는 거죠.

책을 읽고 난 후 자꾸 의문이 꼬리를 물고 일어나서 주위 친구들에게 여러 번 물어보았습니다. "수전이 왜 19호실로 갔는지 알 것 같아?" 한 친구는 불교 사상에 근거하여 "고정된 나란 없는 거야. 지금 현재에 충실하면 돼. 어디를 가더라도 그녀가 찾는 곳은 없을지도 몰라." 하고 답해줬어요. 또 한 친구는 "그 마음 나는 이해할 수 있을 것 같아. 완벽하고 싶지만 그럴 수 없다는 것을 깨달은 거지. 그런 현실에서 벗어나고 싶었던 걸 거야."

마지막으로 한 선배 언니는 우리 모두 이런 마음일 것 같다면서 다음 글을 보내주었습니다.

"우리는 언제나 어디에 가든 있을 곳이 없다. 그래서 언제나 지금 있는 곳을 벗어나 어디론가 가고 싶다. … 우리에게 있을 곳이란 없든지, 아니면 일시적으로 그 문제를 잊고 있을 뿐이든지, 둘 중 하나다. 우리는 어디에 있어도, 누구와 있어도, 있을 곳이 없다. 비록 가족이나 연인과 함께 있어도 그렇다. 그러므로 우리는 어딘가로 가고 싶다는 생각을 늘 한다. 그리고 실제로 수많은 사람들이 바깥세상으로 한걸음을 내딛는다." (기시 마사히코, 『단편적인 것의 사회학』, 위즈덤하우스, 2016, 81쪽)

▸ 함께 읽으면 좋을 책들 ────────────

· 도리스 레싱, 『풀잎은 노래한다』, 민음사, 2008
　　　　　『마사 퀘스트』, 민음사, 2007
　　　　　『금색 공책 1, 2』, 창비, 2019
　　　　　『런던 스케치』, 민음사, 2003
　　　　　『사랑하는 습관』, 문예출판사, 2018
· 샬럿 퍼킨스 길먼, '누런 벽지' 『필경사 바틀비』 수록, 창비, 2010
· 캐서린 맨스필드, 『가든 파티』, 궁리, 2021
· 앨리스 먼로, 『미움, 우정, 구애, 사랑, 결혼』, 웅진지식하우스, 2020

독립과 걷기

제인 오스틴, 『오만과 편견』

『오만과 편견』은 19세기 초 영국 지방 베넷 가문의 다섯 딸 중 세 딸이 결혼에 이르는 과정을 그린 소설이죠. 소설이라는 장르가 생겨난 지 얼마 지나지 않은 시기에 당시 유행하던 편지글 형식과 함께 결혼에 이르기까지 일련의 첫인상과 그 첫인상이 바뀌는 과정을 여성작가가, 여성을 주인공으로, 세밀하고 세련되게 그리고 있습니다.

제인의 이야기

제인 오스틴의 자전적 이야기를 소설의 결혼 주제와 연결해서 보면 좋습니다. 1796년 스물한 살 즈음 제인 오스틴은 사랑에 빠집니다. 하지만 이 사랑은 짧았고 결혼으로 이어지지 않았어요. 제인 오스틴의 전기 작가 존 스펜서에 따르면 제인 오스틴과 톰 르프로이는 1795년 크리스마스에 만났다고 합니다. 톰은 법학을 공부하고 있었고, 신사답고 유쾌하며 잘생긴 젊은이였습니다. 제인은 그에게 특별함을 느꼈습니다. 하지만 두 사람의 사랑은 결혼으로 이어지지 못했습니다.

당시는 남녀 재산 정도가 결혼에 중요한 요소였습니다. 제인과 톰의 사랑이 결혼으로 이어지지 못한 데는 두 사람의 '재산' 정도가 관련 있었어요. 톰의 아버지는 돈이 없는 여성과 결혼했는데 생활에 어려움이 많았습니다. 거기다 내리 딸 다섯을 낳았죠. 그러다 10년 만에 아들 톰이 태어나면서 가족에게 도움의 손길이 왔습니다. 톰 아버지의 삼촌이 집안의 첫 번째 남자아이이자 자신의 첫 번째 손자인 톰을 위해 교육비를 지불하고 집안의 경제에 도움을 주었거든요.

반면 제인 오스틴은 무일푼이었는데 이것은 결혼하는 데 있어 지장을 주는 요소였죠. 만약 톰이 제인과 결혼하게 되면 그에게 주어지던 지원이 끊길 것이었고, 이 문제는 톰과 그의 가족에게 힘든 현실이 될 수 있었죠. 그래서 제인과의 결혼은 톰이 가족에 대한 의무를 저버리는 것처럼 비쳐졌을 거라고 추측합니다. 가족에 대한 의무는 당시 가장 중요한 의무였고, 오늘날 우리가 생각하는 것보다 훨씬 더 개인의 선택에 막

대한 영향력을 발휘했어요. 아마도 톰은 전반적인 상황을 두루 생각한 뒤 제인과 결혼하는 것은 이기적인 행동이라는 결론을 내렸을 거라고 합니다. 결국 톰은 아일랜드에서 다른 여성과 약혼 후 결혼합니다. 제인 오스틴의 사랑은 짧았지만, 연애의 감정과 결혼에서 재산이 차지하는 현실은 소설의 소재가 되었죠. 제인 오스틴은 톰 르프로이와 헤어진 후『첫인상』을 완성했고, 후에『오만과 편견』으로 완결됩니다.

인생에는 중요한 단계들이 여럿 있습니다. 결혼 제도를 선택하기로 결심한다면 '결혼'은 중요한 인생의 단계 중 하나가 됩니다. 당시에도 결혼이 필수는 아니어서 결혼하지 않고 사는 여성은 생활을 꾸려가기 위한 경제력이 중요했습니다.『오만과 편견』의 중심 이야기는 결혼을 향해 가는 남녀의 이야기지만, 그 과정 속에서 주인공 엘리자베스의 독립적인 모습이 돋보입니다. 당시에는 여성의 재능은 취미로 여겨지고, 제인 오스틴 자신도『오만과 편견』을 이름 없이 출간했어요. 그런 시대에 엘리자베스가 독립적인 주체성을 갖도록 하는 힘은 무엇인지, 재산 있는 남자의 청혼을 무조건 받아들이지 않고 능동적으로 사고하는 당당함은 어떻게 만들어지는지 소설 속에서 찾아보도록 하죠.

읽기와 걷기

『오만과 편견』은 제목부터 줄거리까지 너무나 친숙한 소설이고 해설도 많지만, 이번에는 읽기와 걷기와 독립적인 여성이란 주제로『오만과 편견』을 읽어보려고 합니다. 우선 소설속에는 독서 장면이나 독서에 관한 언급이 여러 번 나옵니다. 소설의 주인공 엘리자베스는 독서만큼 즐거운 오락은 없으며, 미래에 자기 집을 갖게 되면 꼭 훌륭한 서재를 두고 싶다고 말하기도 합니다. 그만큼 엘리자베스는 책읽기를 좋아합니다.

엘리자베스를 창조해낸 제인 오스틴도 책 읽기를 좋아했어요. 제인 오스틴은 교육을 중요하게 생각하는 집안에서 태어났어요. 자녀가 많은 대가족이었는데, 영국 레딩에서 언니와 함께 짧은 기간 동안 보딩스쿨을 다닌 적이 있어요. 그후로는 주로 집의 서재에서 책을 읽었다고 합니다. 20세기 이전 여성 작가들에게 독서는 글을 쓰는 데 필수였는지도 모릅니다.

책 읽기를 좋아했던 열여섯 살 제인 오스틴의 독서 목록에는 메리 울스턴크래프트의 책들이 올라 있었을 겁니다. 18세기 영국의 진보적 여성이었던 메리 울스턴크래프트는 독서는 여성의 사고와 삶의 독립성을 높여준다고 믿었습니다. 당시 영국에서 메리의 글은 여성과 결혼에 대한 사고에 새로운 숨결을 불어넣었죠. 정숙한 아내, 사려 깊은 어머니의 가치를 존중하지만, 여성들의 가장 중요한 희망은 남편이나 자식이 아니라 자신이며, 스스로를 존중할 만한 존재로 만들어야 한다는 것이었습니다. 그 시대 보편적 결혼관과 차이가 컸을 겁니다.

메리의 요지는 이렇습니다. "자라나는 여성들에게 좋은 남편감을 얻기 위해 갖춰야 할 덕목에 대해서만 강조해서는 안 된다. 남편을 얻었을 때 여성의 목표가 달성된다면 그것은 하찮은 명예이며 거기에 만족해서는 안 된다."(메리 울스턴크래프트, 『여성의 권리 옹호』, 책세상, 2019, 61쪽) 메리는 여성들이 행복한 삶의 의미를 다시 생각해보기를 원했습니다. 사회에서 보편적으로 통용되는 결혼관이 아니라 스스로 행복할 수 있는 삶을 능동적으로 생각하기는 쉽지 않죠. 주체적이 되려면 사회 전체의 틈으로 불어오는 새로운 생각을 조금씩 받아들이면서 천천히 성장해가는 거죠. 제인 오스틴은 이런 메리의 글을 읽었을 겁니다. 톰 르프로이와의 사랑에서 깨닫게 된 결혼의 조건들을 여러 번 숙고하면서, 독립적인 한 사람으로서 어떻게 삶을 잘 만들어가야 하는지 계속 고민했을 것 같습니다. 메리 울스턴크래프트가 불어넣어준 독립적 숨결도 한 부분을 담당했을 거라고 믿어집니다. 그래서 스스로 사고하며, 자주 걷고, 실수하지만 다시 걸으면서 자신을 바로 보고, 결혼 상대를 선택하면서도 주체적이고 똑똑하며 사랑스러운 인물인 엘리자베스를 창조해냈을 겁니다.

인생이라는 길 위에서 걷기

9854! 8377!

제 스마트폰에 기록되어 있는 몇 개월간의 평균 걸음 수입니다. 올해 초부터 걸었던 기록을 확인해보면 당시 어떤 일상을 살았는지 가늠됩니다. 1월은 겨울이 시작되니 운동이 필요해서 더 걸었고, 3월 이후부터 수개월은 코로나가 본격적으로 확산되어 기록된 움직임이 거의 없습니다. 그러다 9월부터 다시 걷기를 시작하여 위 기록을 달성했습니다.

걷기는 문학과 인생에서 다양한 메타포를 가진 행위입니다. 걷기에는 의미가 많이 담겨 있거든요. 제주의 올레길, 산티아고 순례길, 영국의 레이크 디스트릭트, 미국 동부 트레킹 코스. 심지어 모든 동네마다 천변 길이 걷기 코스로 다듬어지고, 제가 어릴 적 오르던 고향 산에도 걷기 길이 개발되어 둘레길이란 이름이 붙었습니다. 그만큼 단순 이동 행위라고 여겨져 큰 의미가 부여되지 않았던 걷기에 대한 관심이 커졌습니다.

최근 읽은 책에서는 보폭을 조금만 더 넓히면 치매 예방에 효과적이라고 합니다. 걸음 속도가 혈압, 맥박, 호흡, 체온 및 통증과 함께 신체 상태를 모니터링하는 여섯 번째 생체 신호임이 밝혀졌다고도 합니다. 걷기만 해도 웬만한 병은 고칠 수 있다는 유의 책도 있더군요. 걷는 행위는 매우 단순해 보이지만, 타고난 신체 조건과 후천적 능력이 결합해 기능하는 신체의 복잡한 활동이라고 합니다. 걸음걸이나 걸음속도로 건강 상태, 치매 예측과 예방까지 가능하다고 하는군요. 나아가 걷기를 할 때 전두엽이 활발해져 두뇌계발이 된다고 합니다. 걷기와 지적 활동의 연관성이 밝혀지기도 했죠.

걸음걸이는 자신의 고유성을 보여주는 생체 지표가 되기도 합니다. 지문, 홍채 등이 보안을 위한 생체인식에 사용되지만, 걸을 때의 자세도 개인마다 고유성을 가지기 때문에 다수가 모인 곳에서 걸음걸이만으로도 특정 사람을 골라낼 수 있다고 합니다. 생리학적 건강만 있지 않습니다. 사회생활을 하다 보면 사회심리적 스트레스가 생기는데 이런 때 걷기를 하면 스트레스 정도를 낮춰줍니다. 걷기는 삶의 생산적인 힘이 되고 치유가 된다고 합니다. 한걸음에 고민을 지우고, 한걸음에 스트레스를 낮추고, 걸음마다 삶의 창조적 힘으로 키워가는 거죠.

『걷기의 인문학』에서 리베카 솔닛이 소개하는 영국 낭만주의 시인 윌리엄 워즈워스의 걷기 부분을 읽다 보면 워즈워스에게 걷기는 여행하는 방법이 아니라 존재하는 방법이었음을 알 수 있습니다. "사람들은 워즈워스 이전에도 걸었고 이후에도 걸었지만, 워즈워스만큼 걷는 일을 인생과 예술의 중심에 놓은 이는 그 전에도 그 후에도 없었다."(리베카 솔닛, 반비, 2017, 171쪽)고 솔닛은 말합니다. 그는 걷기를 하면서 자신의 문체를 만들어가고 걸으면서 떠오르는 자신의 생각, 감정들, 기억들, 장소들을 정리하고, 길 위에서 만난 사람들을 관찰하면서 걷기에서 얻은 모든 것을 자신의 시 속에 표현한 시인이라고 말합니다. 걸을 수 있는 건강과 튼튼함도 그가 오랫동안 시를 발표할 수 있도록 한 원천이 되기도 했을 겁니다.

제인 오스틴의 걷기

비슷한 시기 워즈워스가 영국 서부 레이크 디스트릭트를

걸었다면, 제인 오스틴은 영국 남부 햄프셔주 스티븐턴, 바스, 튜턴을 거닐었습니다. 제인 오스틴의 활동 범위는 넓지 않았고, 그녀 소설 속 공간도 넓지 않지만, 제인 오스틴이 섬세한 묘사를 통해 보여주는 평범하고 일상적인 관계와 사람들은 200년이 지난 지금도 영국을 넘어서 전 세계 많은 독자들의 사랑을 받고 있습니다.

제인 오스틴은 1775년 영국 뉴햄프셔 주 스티븐턴이라는 작은 마을에서 태어나 여섯 권의 소설을 쓰고, 독신으로 살다 1817년 42세의 나이로 생을 마감했습니다. 제인의 아버지는 스티븐턴의 목사였고, 대가족을 이루어 살았습니다. 여덟 명의 남매 중 일곱째로 태어났고, 딸은 둘뿐이었는데, 제인은 둘째 딸이었습니다. 언니 카산드라는 약혼자가 사고로 사망하여 여동생 제인과 함께 평생 독신으로 살았습니다. 제인은 27세에 고향 스티븐턴을 떠나 바스, 그다음 튜턴, 세 곳에서 살았습니다. 제인 오스틴의 소설 속 공간도 런던을 중심으로 제인이 옮겨 살았던 고장이 중심이 되는 경우가 많습니다.

1805년 아버지가 사망하고 아내를 잃은 셋째 오빠 에드워드의 권유로 튜턴으로 이사합니다. 에드워드의 아내는 부자였고, 그녀의 집에서 제인은 어머니, 언니와 함께 생활합니다.

이 집에서 편안했던 제인은 자신의 오크 책상을 갖고, 창작을 많이 했어요. 『맨스필드 파크』, 『이성과 감성』, 1813년에는 『오만과 편견』이 이 집에서 사는 동안 출간되기도 했습니다. 모두 익명으로 출간하여 제인 오스틴이 지금만큼 알려지지 않았어요. 그러다 1816년 감염으로 건강이 많이 나빠지고, 1817년 42세의 나이로 사망했습니다. 그녀는 원체스터 대성당에 묻혔습니다. 사후에 『노생거 사원』과 『설득』이 나왔어요.

결혼과 재산

지금은 유명 작가지만, 살아 있을 당시 제인 오스틴은 사망할 때까지 그녀가 글을 쓰며 지낼 집이 필요했고 독신 여성으로 생활하기 위한 돈이 필요했습니다.

아버지 조지 오스틴의 죽음 이후 어머니 오스틴 부인에게는 자기 몫의 수입이 있었고, 언니 카산드라에게는 약혼자가 남긴 1천 파운드가 있었지만, 제인만이 완벽하게 무일푼 상태였어요. 제인은 두 명의 남부럽지 않은 남자로부터 청혼을 받았습니다. 그 가운데 한 명은 엄청난 부자였고, 다른 한 명은 부유한 집안 출신의 목사였어요. 하지만 제인은 두 청혼 모두 받아들이지 않고 혼자 살았어요.

제인이 글을 쓰기 시작한 것은 글쓰기가 그녀의 취향과 성향에 맞았기 때문이지만, 차츰 생활을 위해 돈이 필요했다고 합니다. 재산이 없고 혼자 생활을 해가야 했기 때문입니다. 그래서 어느 시점부터 제인 오스틴은 자신이 하는 일을 '글쓰기'라고 부르지 않고, '작품 활동'이라고 부르기 시작했다고 합니다. 처음에는 제인도 그 시대, 그 계급의 평범한 여성들처럼 자신의 재능은 취미일 뿐이며, 언젠가 결혼을 하고 아이를 낳아서 근면한 남편의 보호를 받으며 살아갈 거라고 말했어요. 그녀도 전형적인 여성의 삶을 꿈꾸며 성장했을 거예요. 그러나 부자 청년의 청혼을 거절한 것을 계기로 제인은 자신의 재능이 지닌 경제적 가치를 생각하기 시작했다고 합니다.

『오만과 편견』에서 결혼은 여성의 경제적인 상황과 연관이 큽니다. 당시 결혼 제도는 재산과 밀접한 관련이 있었거든요. 여성에게 결혼은 사회적 지위를 향상시키는 수단이 되기도 했어요. 당시 재산 제도는 장남 중심으로 상속되었습니다. 장남은 토지 전체를 물려받고 재산에 대한 권리를 가졌습니다. 재산권이 없는 차남과 삼남은 성직자가 되거나 기사로 떠돌며 자신의 운명을 개척해가야 했습니다. 딸의 경우에도 한사상속 때문에 재산권이 없었습니다. 한사상속이란 재산을 물려주는 상속자에게 아들이 없고 딸만 있으면 부계 사촌의 장자에게 재산이 가도록 하는 법입니다. 『오만과 편견』의 베넷 씨가 처한 상황이 바로 이렇죠. 베넷 씨는 아들이 없기에 토지를 다음 상속자인 남자 친척 콜린스에게 물려줘야 할 처지라서 딸의 결혼 문제에 민감합니다.

베넷가 딸들의 이러한 경제적 상황은 결혼을 결정하는 데 중요한 현실입니다. 베넷 씨의 재산은 연 수익 2천 파운드의 토지가 거의 전부였는데, 딸들에게는 안됐지만 아들이 없는 탓에 남자인 먼 친척이 한사상속 받도록 정해져 있거든요. 어머니의 재산은 그녀의 신분으로 보면 적다고 할 수 없지만 아버지 재산의 부족분을 메우기에는 턱없이 모자라는 상황입니다. 그래서 베넷 부인의 최대 관심사는 남편 사망 후 시집 못간 딸을 부양할 능력이 없으므로 딸들을 무조건 좋은 배우자와 결혼시키는 겁니다. 그런 상황에 다아시와 빙리가 등장합니다. 다아시는 더비셔에 굉장한 재산을 소유하고 있으며, 에누리없이 1년에 1만 파운드, 현재 가치로 약 10억정도에 해당하는 수입이 있는 재력가에 잘 생긴 남자입니다.

교구목사인 콜린스가 엘리자베스에게 청혼하는 말을 보면 당시 결혼의 체계를 더 잘 알 수 있어요. 콜린스는 성직자라면 누구나 훌륭한 결혼생활의 모범을 교구민에게 보여줄 의무가 있고, 결혼이 자신의 행복을 증진시켜 주리라는 믿음을 가지고 있죠. 엘리자베스에게 청혼할 때 그녀가 가진 유일한 재산이 얼마나 초라한지 직접적으로 언급합니다. 즉 '엘리자베스 당신은 재산이 거의 없으니 곧 내가 하는 청혼을 무조건 받아들여야 하는 처지'임을 알리며 청혼의 말문을 열죠. 콜린스는 자신의 사회적·경제적 지위가 엘리자베스에게 청혼을 할 수 있는 유리한 위치라고 확신하고 청혼을 하는 겁니다.

그런 콜린스의 확신과는 반대로 엘리자베스는 청혼을 거절합니다. 소설 속에서 엘리자베스는 재산권이 없지만 두 번이나 '재산깨나 있는 남자들'의 청혼을 거절합니다. 자신이 재산이 없다고 무조건 청혼을 받아들이지 않는 당당한 모습을 보여줍니다. 하지만 뜻밖에도 엘리자베스의 친구 샬럿이 콜린스의 지위와 재산만을 보고 그의 청혼을 수락합니다. 샬럿이 결혼을 결정하는 이유는 생활 대책 때문이었습니다. 샬럿은 결혼이 언제나 목표였고, 결혼으로 인한 행복이 불확실해도 결혼은 가난을 예방하는 좋은 방법이라고 생각했습니다. 예쁘지도 않은 자신이 콜린스와 결혼하는 것은 행운이라고 생각했습니다. 당시 재산을 가지지 않은 여성이 생활을 이어가기 위해 결혼하는 것이 일반적이었던 거죠.

걷기, 자신이 운명의 주체임을 증명하는 일

결혼이 여성의 생활 방편이 되고, 재산권이 결혼에서 중요한 요소인 사회적 제도 안에서 엘리자베스는 드물게 당차고 독립적입니다. 재산을 가진 남성에게 무조건 끌려가지 않습니다. 엘리자베스는 다른 여성 인물들과는 다르게 독립적으로 자신의 의견을 표현하고, 실제 자신의 인생도 그렇게 만들어 갑니다. 그녀의 독립성은 걷기로 표현되고, 걷기로 완성됩니다. 걷는 행위는 엘리자베스의 독립성을 유지하고 키워가는 신체적인 독립성을 나타냅니다.

솔닛은 『걷기의 인문학』에서 "보행은 여자들이 사회적 제약 속에서 사회적으로나 공간적으로 가장 큰 자유를 누릴 수 있는 일, 몸을 움직여 보고 상상을 펼쳐볼 기회를 얻을 수 있는 일이다."(리베카 솔닛, 반비, 2017, 107쪽)라고 말합니다. 결혼은 생활의 방편 중 하나이고, 다른 시각에서 보면 여성의 사회적 제약이기도 하죠. 그런 사회적 맥락 속에서 엘리자베스는 걷기를 하면서 자유를 느끼고, 자신의 몸을 움직여 이성적인 사고를 넓히고, 주체성을 지켜주는 힘을 얻습니다. 『오만과 편견』의 엘리자베스는 자주 걷고 잘 걷습니다.

『오만과 편견』 곳곳에는 걷기를 하는 엘리자베스 모습이 자주 나옵니다. 일상에서는 메리턴으로 산보 나가는 일이 그들의 아침 나절을 즐겁게 하고 저녁 얘깃거리를 제공하는 데 필수였습니다. 엘리자베스는 종종 집을 나와 생각할 공간을 찾아내고 그곳을 걷습니다. 엘리자베스는 몸의 움직임이 활발합니다. 자주 생각하는 시간을 갖고, 실내공간보다 야외공간에 있을 때 현명하게 생각합니다.

엘리자베스의 걷기는 자신이 운명의 주체이며 스스로 운명을 결정하는 존재임을 증명하는 활동입니다. 캐서린 영부인이 엘리자베스가 태생도 천하고 사회적 지위도 없고, 별 볼일 없는 가문 출신의 젊은 여자라며, 조카 다아시의 청혼을 거절하라고 모욕을 줄 때도, 흔들림없이 자신의 의견을 당당하게 표현합니다. 정말 당당합니다. 집안 경제력에서 오는 사회적 차이, 무시, 경멸, 수치는 엘리자베스에게는 큰 의미가 아니거든요. 아마 걷기와 읽기를 통해 엘리자베스의 생각과 판단이 성실하고 치열하고 정확해졌기 때문일 겁니다.

당시 여성들이 마차를 타고 조신하게 이동할 때 엘리자베스는 직접 두 발로 걷습니다. 가장 인상적인 장면은 비가 온

다음 날 아침에 마차 없이 홀로 약 5킬로미터를 걸어 빙리의 저택에 머물고 있는 언니를 병문안 가는 부분입니다. 아픈 언니를 간호하기 위해 마차를 거절하고 걸어갑니다. 그러나 흙투성이가 된 엘리자베스 모습을 보고 모두 흉을 봅니다. 하지만 다아시는 그 모습을 좋게 봅니다. 걸어오느라 흙투성이가 된 엘리자베스의 모습이 '실질적으로 웬만한 신분의 남자와 결혼할 가능성이 많이 줄어든다.'고 모두 생각하지만, 이 모습이 다아시에게 깊은 인상을 남긴 거죠. 실제로 다아시는 엘리자베스가 뿜어내는 이런 활기에 반합니다. 반면 다아시에게 잘 보이려는 빙리 양의 자태는 우아했고, 걷는 맵시도 훌륭했지만, 다아시의 시선을 받지는 못합니다.

다아시가 엘리자베스에게 청혼하거나 고백하는 일도 산책 중이거나 혼자 있을 때 일어납니다. 그전까지 다아시는 무뚝뚝하며 오만하고 엘리자베스에게 무관심한 듯 보였지만 고백할 때만큼은 낭만적입니다.

그랬던 다아시가 감정을 억누르고 있었고, 그럴려고 애를 썼지만 소용이 없었다고 고백하니 감미롭죠. 이어 다아시는 애정보다 자존심에 대해 더 열성적으로 말합니다. 엘리자베스의 열등한 신분을 언급하고 그런 결혼은 그의 집안에 수치이고, 집안을 따지면 이성은 언제나 감정에 제동을 건다는 표현을 해서 엘리자베스에게 혐오감을 심어줍니다. 자신의 구혼을 받아들임으로써 자신의 사랑에 보답해주기를 바란다고 말하면서 고백을 마치죠. 여러 달 동안 엘리자베스를 사모하고 있었다고 고백하며 하는 청혼인데 처음만큼 시종일관 낭만적이진 않습니다. 열렬히 사모하나 우리는 집안 차이가 아주 크고 열렬한 감정에 제동이 걸린다고 하고 있으니까요. 아무튼 '나의 청혼을 받아주시오.'라는 의미이거든요. 엘리자베스의 청혼자들은 모두 자신만만했지만, 거절당합니다. 재산이 없는 엘리자베스라고 해서 무턱대고 받아들이지 않은 거죠.

이 고백을 받은 후 엘리자베스는 또 걷습니다. 오솔길을 2시간가량 걸어 다니면서 온갖 생각의 갈래를 따라가다가, 그동안 있었던 일 하나하나를 다시 평가해보고, 이랬겠다 저랬겠다 일일이 생각을 해보고, 너무나 갑작스럽고 너무나 중대한 변화에 적응하기 위해 한껏 애를 씁니다. 당연히 소설 마지막은 서로 오만과 편견으로 가려져 있던 오해를 걷어내고 엘리자베스와 다아시는 인생을 나란히 걷기로 약속합니다. 둘이 실제로 나란히 걸으며 다아시가 자신의 애정과 소망에는 변함이 없음을 알리고, 미래 엘리자베스는 근사한 서재가 있고, 다양한 산책길이 있는 드넓은 펨벌리의 안주인이 되는 것으로 이야기가 마무리됩니다.

오만과 편견을 딛고 성숙해지기

『오만과 편견』 속에는 재산이 주요 조건인 결혼 이야기가 있고, 그 결혼에 대해 독립적으로 사고하며 걷는 독립적인 여성이 있어요. 그래도 누가 '오만'을 대표하고, 누가 '편견'을 대표하는지 궁금하시죠? 이 소설은 낭만적인 연애 이야기를 기대하고 읽는다면 생각보다 기대에 미치지 못합니다. 남녀 사이의 로맨스를 다룬 소설이니 키스 장면이 나올 거라고 예상하지만 나오지 않습니다. 제인 오스틴이 살았던 당시 18세기 말 영국은 계몽주의가 지배적인 사회였기 때문에 남녀문제에 있어서도 이성적인 특징이 더 강합니다. 주인공 엘리자베스의 대사 내용을 보면 매우 이성적입니다. 진정으로 탄탄한 애정은 남녀관계의 기본이고, 이 기본 바탕은 생성되는 데 시간이 필요합니다. 소설에서는 이 탄탄한 감정이 생겨나는 데 '오만과 편견'이 기여합니다.

『오만과 편견』 속에는 사람을 어떻게 파악하는지에 대한 심리적인 요소도 많습니다. 결혼도 인간관계를 새로 맺는 과정이며, 이 관계를 맺는 데 있어 통찰력이 중요합니다. 판단력에 오류를 일으키는 요소가 '오만과 편견'입니다. 제목과 관련하여 남자 주인공 다아시는 '오만'을, 여자 주인공 엘리자베스는 '편견'에 연결시키죠. 하지만 이 특징은 다른 인물들에게서도 볼 수 있습니다. 사람에 대한 판단을 내릴 때 '오만과 편견'으로 판단력이 흐려지는 경우는 다아시와 엘리자베스 외에도 자주 보이거든요. 편견은 엘리자베스와 관련한 특징으로 많이 해석하죠.

엘리자베스는 언니 제인이 겪고 있는 모든 고통의 원인이 다아시 때문이라고 생각합니다. 다아시의 오만과 변덕 때문이라고 결론 내립니다. 다아시가 언니의 행복과 희망을 앗아간 원인이라고 생각합니다. 그리고 위컴에 대해서 가장 큰 판단 실수를 하죠. 줄곧 참 멋있는 사람이라고 생각하고, '위컴 씨는 체격이나 얼굴, 태도와 걸음걸이에 이르기까지 그중 어느 누구보다도 훨씬 뛰어났다.'고 생각합니다. 하지만 다아시 편지의 내용에서 진실을 알고, 자신이 눈이 멀었고, 편파적이었으며 편견에 가득 차 어리석었음을 깨닫습니다. 스스로 똑똑하다 자부했던 그녀지만, 여러 과정을 거쳐 성숙한 판단력을 가진 독립체로 성장합니다. 엘리자베스는 변화하는 다아시를 보면서 그의 애정에는 감사하게 되고, 그의 사람됨에는 존경심을 가지고 마음으로 받아들이게 됩니다. 엘리자베스는 자신의 편견에 당혹감을 느끼고 후회할 줄 하는 성숙함을 보여줍니다.

소설 마지막 부분에 다아시가 자신이 오만한 성격을 형성하게 된 성장과정에 대해 인정하는 부분이 나옵니다. 하지만 '오만'이란 실제로 아주 일반적이며, 인간 본성은 오만에 기울어지기 쉽다고 합니다.

저녁 파티가 열리고 풍성한 드레스를 입고 춤을 추며 결혼 상대를 고르는 소설 장면들은 현재의 우리 시각에는 낯섭니다. 하지만 그 속에 결혼이 갖는 의미는 현대에도 일치하는 부분이 분명 있습니다. 그때나 지금이나 인생에서 어떤 삶의 형태를 선택할지 독립적으로 생각하는 것이 가장 중요할 거예요. 그리고 결혼을 선택하기로 결정했다면, 결혼의 가장 중요한 배우자를 어떤 가치관으로 선택할 것인지 숙고해야 하고요. 어느 순간에서나 주체적이고 독립적인 자신이 되어야 하는 것이 가장 중요합니다. 다양한 고려도 중요하지만, 중심은 자신의 주체성과 행복한 삶이 되어야 합니다.

▸ 함께 읽으면 좋을 책들 ─────────────────

· 제인 오스틴, 『이성과 감성』, 민음사, 2006

　　　　　　　　『맨스필드 파크』, 민음사, 2020

　　　　　　　　『엠마』, 열린책들, 2011

　　　　　　　　『노생거 수도원』, 펭귄클래식코리아, 2009

　　　　　　　　『설득』, 문학동네, 2010

· 루이자 메이 올콧, 『작은 아씨들』, 펭귄클래식코리아, 2011

삶의 뼈대를 바로 세울 때

이언 매큐언, 『속죄』

억울함, 폭력이 되다

"플롯은 스토리 내에서 행하여진 것, 즉 사건의 결합을 의미한다. 비극의 생명과 영혼은 플롯이며 우리를 가장 매혹시키는 것은 '급전'과 '발견'인데 이들은 플롯에 속하는 부분이다." (아리스토텔레스, 『시학』, 문예출판사, 1991, 49쪽)

인류 최초의 문학이론 『시학』에서 아리스토텔레스가 '플롯'에 대해서 아주 오래전 그러니까 2000년 전쯤 말한 법칙입니다. 소포클레스의 비극 『오이디푸스 왕』은 결말에 이르러, 자신이 '태어나서는 안 될 사람에게서 태어나, 결혼해서는 안 될 사람과 결혼하여, 죽여서는 안 될 사람을 죽였다'는 사실을 알게 됩니다. 목 매 자살한 아내이자 어머니 이오카스테의 옷에 꽂혀 있던 황금 브로치를 뽑아 자신의 두 눈을 찌르죠. 이 마지막 '발견'은 당시 관객과 지금 독자 모두에게 잊지 못할 비극의 장면으로 기억됩니다. 결말에 이르러 독자가 마주하는 '예상치 못한 발견'은 문학작품에서만 가능한 매력적인 장치입니다. 이언 매큐언의 『속죄』에서 발견하는 결말도 강력합니다. 주인공이 자신이 쓴 '소설'과 관련하여 독자들이 전혀 예상하지 못한 부분을 드러내거든요. 『속죄』는 소설이라는 문학 장치를 작가가 영리하게 잘 활용한 작품입니다. 사건이 주는 재미를 따라 가면서 어떤 영리함이 숨겨져 있는지 같이 발견해보죠.

『시학』의 '플롯'과 '발견'과 관련하여 같은 사건을 다르게 표현해보겠습니다. 첫 번째 이야기는 이렇습니다.

"2000년 8월 전북 어느 소도시에 택시 기사가 칼에 찔린 채 사망한 사건이 발생했습니다. 당시 티켓 다방에서 종업원들이 커피 배달을 다닐 때 오토바이로 태워주는 일을 하던 최라는 15세 소년이 바로 체포되어 자신이 범인임을 자백하고 10년형을 선고받아 복역했습니다."

두 번째 이야기에는 사건을 묘사하는 문장이 더 추가됩니다.

"2000년 8월 택시 기사가 칼에 찔린 채 사망한 사건이 발생했습니다. 티켓다방에서 종업원들이 커피 배달을 다닐 때 오토바이로 태워주는 일을 하던 최라는 15세 소년이 있었습니다. 이 소년은 경찰이 목격자와 범행 도구를 찾고 있는 현장에 다가가서 경찰이 뭘 찾고 있는지 묻습니다. "안녕하세요? 뭐 하세요?" "칼 찾고 있어." "무슨 칼이요?" "택시 기사가 죽어서 그 칼 찾고 있어." "그래요? 나 새벽에 배달 가다가 두 명인가, 저쪽으로 도망가는 거 봤는데…"(박준영, 『우리들의 변호사』, 이후, 2016, 102쪽)

이 대답이 불행의 시작이었다고 합니다. 소년은 '경찰의 폭행에 의해 거짓 자백'을 하고 범인으로 지목되어 미성년자에게 주어지는 최고형인 15년 형을 구형 받고, 2심에서 범행을 시인하여 10년형을 받았습니다. 결백을 주장했지만 받아들여지지 않았습니다. 3년이 지난 후 진짜 범인이 밝혀졌습니다. 하지만, 진실은 묻혀버렸다고 합니다.

첫 번째와 두 번째는 같은 사건이지만 어떤 이야기와 플롯으로 전달하는지에 따라 '사실'이 달라집니다. 그리고 두 번째의 이야기에 '진범이 밝혀졌습니다.'를 덧붙이면 가해자로 몰린 피해자의 억울함이 부각됩니다. 이 이야기는 실제 사건이었습니다. 몇 해 전 후배 출판사에서 펴낸 『우리들의 변호사』 속 실제 사건 내용입니다. 재심을 전문으로 하는 변호사가 쓴 경험담이 담긴 책이었어요. 그중 '아무도 들어주지 않았던 15세 소년의 진실'이란 제목의 사건이었습니다. 안타깝고 충격적이었습니다. 결백했지만 무죄로 풀려나지도 못했고, 아무도 그의 억울함을 들어주지 않았다고 합니다. 처음 구속될 당시 어머니에게 전한 억울함이 얼마나 안타까웠는지 모릅니다. "엄마, 진짜 나는 안 했는데. 내가 아니라고 말을 해도 믿어주질 않아."(박준영, 102쪽)

세상에 진실을 드러내는 매개체

『속죄』는 2001년 출간된 이언 매큐언의 장편 소설입니다. 13세 소녀가 타인에게 억울함을 안겨주고, 그 억울함이 폭력이 되는 이야기가 나옵니다. 이어 소녀는 잘못을 깨닫고 자신이 저지른 이야기를 진실하게 담은 소설을 쓰면서 타인을 공감하고, 자신이 저지른 죄에 대한 '속죄'를 하려고 합니다. 소설의 사건도 놀랍지만, 결말 부분에서 주인공이 자신이 쓴 '소설' 형식과 관련하여 밝히는 부분에서는 신선한 충격을 받게 됩니다. 나아가 타인에 대한 공감과 인간의 윤리에 대해서 생각하게 합니다. 그리고 진실을 이야기하는 그 자체가 윤리성을 가질 수 있는지에 대해서 질문을 던집니다.

이언 매큐언은 1948년 잉글랜드에서 태어나 현재까지 활발한 작품활동을 하고 있는 영국 작가입니다. 스코틀랜드 노동자 계급 출신 아버지는 일반 병사에서 장교로 진급한 사람이었어요. 매큐언은 군인인 아버지 발령지를 따라 어린시절부터 동아시아, 독일, 북아프리카 등 다양한 나라에서 생활했어요. 그래서 자신의 정체성을 '뿌리 뽑힘'이라고 말하기도 했습니다. 12세에 잉글랜드로 돌아와 고등학교를 마치고 이스트 앵글리아 대학원에서 문학 석사 학위를 취득했습니다.

작품 활동 초기 매큐언의 별명은 '엽기 이언'이었습니다. 작품의 내용이 주는 외설스러움과 불안함 때문이었죠. 이런 초기 단계를 거쳐 중기 이후에는 대중적인 인기를 얻고 작품성도 인정받습니다. 1998년 『암스테르담』으로 맨부커상을 수상하기도 합니다. 매큐언 작품은 발표될 때마다 주목받으며 독자의 마음을 사로잡았습니다. 매큐언 소설은 진실에 주목합니다. 매큐언 자신도 문학은 '세상의 진실을 드러내는 매개체 역할'을 해야 한다고 말합니다.

폭력이 된 상상력

잊히지 않는 작품으로 기억되는 소설에는 공통점이 있습니다. 흥미로운 이야기를 뛰어난 문장력으로 표현하면서 잘 짜인 플롯을 가지고 있죠. 『속죄』가 그렇습니다. 이 소설은 4부로 나뉘어 있습니다. 1부는 브리오니로 시작하고, 브리오니의 시각을 보여주며, 브리오니의 말이 뜻밖의 결과를 갖고 오는 이야기입니다. 브리오니는 탈리스가의 막내로, 『아라벨라의 시련』이라는 희곡 작품을 쓴 후 연극 무대에 올리려 합니다. 13세인 브리오니는 창작열에 사로잡혀 오빠 레온의 귀향을 축하하기 위해 연극을 계획했죠.

이 소녀는 세상을 질서 있게 정돈하려는 열망을 가지고 있습니다. 서툰 첫 작품을 써 내려가면서 상상력이야말로 수많은 비밀의 원천이며, 자기 작품 속 상상의 인물들이 느끼는 감정을 모두 이해하고 있다고 생각하는 자신이 어리석다고 느껴요. 상상력의 힘에 대해서 어렴풋이 이해하지만, 무책임하게 발휘된 상상력의 위험성은 알지 못합니다.

'본다'에 상상력이 덧붙여질 때

브리오니에게 첫번째 중요한 감각은 '본다' 또는 '보았다'입니다. 그리고 브리오니가 '보았던' 사건들에 브리오니의 상상력이 더해집니다. 사건을 보고, 상상력을 덧대어 판단을 내리지만, 그 판단은 오독입니다. 브리오니는 계속해서 자신이 본 사실이 정직하다고 믿고 있습니다. 그래서 위험합니다. 이 잘못된 판단은 로비 터너의 삶을 망가뜨립니다. 상상력이 폭력으로 바뀌는 것입니다.

브리오니가 '보는' 사건 중에 '분수대 장면'이 있습니다. 이 '분수대 장면'은 소설 플롯의 주요한 뼈대가 됩니다. 더 중요한 것은 이 '분수대' 장면이 세실리아와 로비의 관점에서 한번 그려지고, 집 안 창가에서 바라보는 브리오니의 관점으로 한번 더 그려진다는 점입니다. 같은 사건인데 누가 어디에서 보는지에 따라 해석에 큰 차이가 생깁니다.

세실리아는 삼촌이 목숨을 걸고 가져온 귀중한 마이센 도자기를 들고 정원으로 나와 꽃을 꺾어 꽃병에 담으려다 로비와 마주칩니다. 세실리아는 탈리스가의 딸이며, 로비는 탈리스 저택 파출부의 아들입니다. 어려서 거의 스스럼없이 자란

두 사람은 성인이 되어 서로 감정의 끌림을 느끼고, 이 분수대 앞에서 작은 실랑이가 벌어지고 소중한 꽃병의 주둥이 부분이 부러져 분수 속에 빠져버립니다. 그 순간 세실리아가 블라우스 단추를 풀고 치마를 벗어 던진 후 속옷 바람으로 분수대 물 속으로 뛰어듭니다. 그 모습을 로비는 빤히 보고 있습니다. 몇 초 후 세실리아가 도자기 조각을 양손에 들고 물 위로 모습을 드러내는 장면입니다. 이 순간이 로비에게 각인되고, 자신이 세실리아를 사랑하게 되었음을 느낍니다.

또 한 사람이 이 장면을 봅니다. 바로 브리오니입니다. 탈리스 저택 3층 자신의 방에서 이 장면을 몰래 '봅니다'. 브리오니는 분수대 장면을 다르게 해석합니다. 파출부의 아들인 로비가 신분 상승을 위해 감히 자신의 언니에게 구애를 한다고 생각하죠. 나아가 이 행위는 언니에게 모욕이라고 느끼죠. 분수대 장면 외에도 그날 브리오니는 로비가 세실리아에게 보내려던 편지 속 '한 단어'를 몰래 보게 됩니다. 자신이 본 그 '단어'가 정확히 무슨 뜻인지 모르지만 신체의 한 부분을 뜻함을 어렴풋이 느끼고 구역질을 느낍니다. 이어서 결정적으로 서재에서 세실리아와 로비가 서로 사랑을 나누는 장면을 '봅니다.' 13세의 브리오니에게는 미지의 세계인 어른들의 세계를 몰래 보긴 했지만, 본 것에 대해 정확한 해석은 하지 못합니다. 하지만 거기서 그치지 않고 자신의 상상을 보태어 주관적으로 해석합니다. 브리오니에게 로비 터너는 언니의 사랑의 상대가 아니라, 사랑하는 언니에게 폭력을 가하는 정신병자로 읽혀집니다.

그날 저녁 탈리스 가의 가족들과 롤라 그리고 레온의 친구 마샬이 함께 하는 저녁 만찬이 이어집니다. 롤라의 몸에 상처가 나 있지만, 누구도 그 상처의 의미를 알지 못합니다. 그 순간 쌍둥이가 남긴 편지가 전해지고 쌍둥이 가출 사건이 알려집니다. 가출한 쌍둥이들을 찾으러 모두 흩어지면서 새로운 사건이 발생합니다. 그날의 결정적인 사건이면서 1부의 중대한 사건이며, 『속죄』 플롯의 가장 중심 사건입니다. 모두 쌍둥이를 찾으러 다니는 길에, 브리오니는 어둠 속에서 사촌 롤라가 누군가에 의해 성폭행 당하는 장면을 목격합니다. 그리고 이어 "내가 그 사람을 봤어요."라는 강력한 단서가 되는 말을 합니다. 스스로 정직한 말이라고 생각했지만, 어둠에 가려서 정확히 볼 수 없었거든요. 브리오니가 흘리는 눈물은 그녀의 말이 진실임을 입증하는 또 하나의 증거가 되고, 칭찬받는 일에 신이 나기도 했고, 사촌에 대한 동정심과 애정이 솟아난 브리오니는 범인으로 로비를 지목합니다. 브리오니는 성공과 승리의 감정까지 느낍니다.

브리오니는 낮에 본 분수대 장면, 편지의 낯선 단어, 서재에서 세실리아와 로비의 행동들이 하루종일 불쾌했고, 자신이 본 것들을 바탕으로 증언을 합니다. 그녀의 증언은 거짓입니다. 하지만 모두 그 거짓을 진실이라고 믿습니다. 브리오니가 본 사실에 상상력이 잘못 보태졌기 때문입니다. 브리오니는 애매함과 모호함을 사실로 인식하고 범인을 지목합니다. 브리오니는 자신의 상상력만으로 그동안 자신이 본 것들의 퍼즐을 맞추고 그것이 진실이라고 믿습니다.

우리 인간은 볼 수는 있지만 아쉽게도 있는 그대로 볼 수가 없다고 합니다. 그리고 자신이 본 사물이나 상황을 정확하게 판단하는지도 알기가 어렵습니다. 그리고 눈앞에 사물이 없어도 바로 그 사물을 떠올릴 수 있는 건 그 사물의 이미지를 재생해내는 상상력 덕분이라고 합니다. 지금 눈앞에 푸른 바다가 없는데도 예전에 본 바다를 떠올릴 수 있는 것은 바다의 이미지를 재생해내는 상상력 때문이라고 합니다. 하지만 이 상상력이 늘 올바르게 작동하지는 않습니다. '올바르다'는 기준도 모호합니다. 분명한 것은 『속죄』에서 브리오니의 상상력은 타인의 불행을 만든 도구로 사용된 거죠.

속죄의 방식, 상상력과 공감

2부의 중심 인물은 로비 터너입니다. 1부에서 브리오니가 중심이었던 것처럼 2부는 로비의 생각, 로비의 시선, 로비의 감정이 주를 이룹니다. 1부가 끝난 후 로비는 3년 6개월 동안 비참함과 폐쇄공포증, 몰락의 위기를 느끼며 감옥에서 지냈습니다. 그 후 2차 세계대전 연합군으로 강제참전합니다. 사랑하는 세실리아는 간호사가 됩니다. 로비는 사랑하는 세실리아의 모습을 기억하고 그 기억에 의지하며 현실의 비참함을 견딥니다. 로비에게 세실리아는 삶의 이유였고 살아남아야 하는 이유가 됩니다. 로비는 자신의 오명을 씻고 모든 것을 바로 잡아야겠다는 꿈을 꿉니다.

한편 브리오니도 쓸모 있는 일을 하기 위해 간호사가 됩니다. 자신의 잘못된 증언을 철회하려고 하지만 불가능합니다. 이쯤 『속죄』라는 소설 제목에 대해서 이야기할까 합니다. 간호사가 된 브리오니는 틈틈이 소설을 쓰기 시작합니다. 브리오니가 쓴 소설 제목은 『속죄』입니다. 처음에는 단편 '분수대의 두 사람'이었죠. 과거 자신의 미숙한 상상력이 가졌던 윤리적 위험을 독자들에게 알려주면서 자신이 저지른 돌이킬 수 없는 잘못을 극복해 가려는 노력을 시작합니다.

소설 원제목 '어톤먼트'는 종교적인 의미로 죄에 대한 값을 치르고 죄에서 자유로워지는 상태라는 뜻입니다. 값을 치르고 노예를 풀어주는 관행에서 시작된 표현이죠. 구약성서에서는 동물을 희생 제물로 바쳐 속죄가 이뤄졌습니다. 이런 속죄는 죄를 지을 때마다 반복해서 희생양을 드려야 했으니 불완전했죠. 반대로 예수가 십자가에서 속죄의 피를 흘리고 단번에 성취한 속죄는 영원하다고 합니다. 소설 『속죄』에서 자신의 죄에 대한 용서를 구하는 방식은 상상력에 의한 스토리텔링 방식입니다. 스토리텔링을 통해 과거 실제 일어난 사건을 밝히고, 스토리텔링을 통해 자신이 평생 짊어질 죄책감을 덜고, 스토리텔링을 통해 한 사람의 가해자로서 피해자에게 용서를 구합니다. 이 방식이 피해자에게 얼마만큼의 용서를 구하는지 알 수 없지만, 상상을 통해 상대의 처지를 이해하고 자신이 얼마나 큰 잘못을 저지르고, 두 연인의 미래를 훼손했는지 깨닫게 됩니다.

삶의 뼈대가 곧게 서 있지 않으면

스토리텔링의 방식도 처음부터 수월하지 않습니다. 평생 동안 여러 번 수정하면서 튼튼한 '소설의 뼈대'를 차츰 만들어 갑니다. 그 과정에서 가해자인 브리오니는 자신의 '삶의 뼈대'도 바로 세웁니다. 브리오니가 '분수대의 두 사람'이라는 원고를 출판사에 보내자 편집자는 '플롯의 뼈대'를 갖추어야 한다고 조언합니다. 실제 세실리아와 로비의 분수대 장면을 브리오니가 잘못 이해했고, 잘못 판단했고, 그 부분을 자신의 소설에서 묘사할 때 자신의 잘못은 죄책감 때문에 숨기고 묘사하기 때문에 '뼈대'가 없는 이야기가 된 거죠.

'플롯의 뼈대'를 갖춘다는 의미는 자기 삶에 솔직해진다는 의미로 바꿀 수 있습니다. 진실을 알면서도 진실에 대해서 말하는 것이 두려울 때가 있습니다. 진실을 덮으려는 의도는 아니지만, 자신의 실수나 잘못을 인정하는 행위 자체가 두렵기 때문입니다. 진실이 삶의 뼈대를 구성하는 핵심 요소입니다. 브리오니는 이 뼈대가 삶에서도 곧게 서 있지 않았습니다. 그래서 반성하고 속죄하면서 그 뼈대를 세워가는 것입니다.

조지 오웰은 작가가 글을 쓰는 동력 중 하나로 '사물을 있는 그대로 보며, 진실을 알아내고, 알아낸 진실을 후세를 위해 보존해두려는 욕구'라고 말합니다. 브리오니가 『속죄』 원고를 쓴 이유와 거의 일치합니다. 다른 점이라면 이야기의 처음부터 끝부분까지 브리오니 자신의 과오가 엉겨 붙어 있기 때문에 그 창작된 이야기로부터 자신을 표시 나지 않게 흔적없이 떼어낼 수가 없다는 점입니다. 그래서 『속죄』의 마지막에서 별안간 마주하는 독자의 '발견'은 놀랍습니다. 『속죄』를 읽는 독자는 마지막 부분에서 어리둥절해져 다시 앞부분으로 돌아가 어디가 허구이고, 어디가 진실인지를 가려내려 노력하게 됩니다.

마지막으로 이언 매큐언이 이 소설에서 말하고자 한 '상상력을 통한 타인에 대한 공감'에 대해서 이야기하겠습니다. 소설 처음 부분에서는 상상력이 타인에게 폭력을 가하는 도구가 되었습니다. 하지만 이 상상력은 실제 사건을 솔직하게 기록하고 전달하려는 도구도 됩니다. 그 과정에서 상상력은 공감의 방법으로 바뀝니다. '공감'이란 여러 차원에서 이루어질 수 있어요. 우선 소설을 읽는 독자가 극 중 인물을 공감합니다. 소설을 쓰는 작가가 극 중 인물을 공감하죠. 현실에서 타인을 공감하는 때도 있습니다.

'공감'에 관하여 작가 이언 매큐언의 말은 상대방을 공감하는 일에 관하여 생각해보게 합니다. 공감이 가지는 중요성을 말하고, '공감한다'는 것이 윤리성과도 연결될 수 있음을 알 수 있어요. 2002년 미국 9 · 11 테러에 관해 매큐언이 쓴 사설에 나오는 한 구절입니다.

"다른 사람의 마음속에 자기 자신을 집어넣는 것이 감정 이입의 본질이다. 이것이 공감의 기제이다 … 만일 비행기 납치범들이 상상을 통해 그들 자신을 승객들의 생각과 감정 속에 넣을 수 있었다면 아마 계획을 진행하지 못했을 것이다. 일단 희생자의 마음속에 들어가면 잔혹해지기란 어렵다. 자기 자신이 아닌 다른 사람의 마음을 상상하는 것은 우리 인간성의 중심에 자리한다. 그것은 공감의 본질이며 윤리의 시작이다."

공감이 인간 관계뿐만 아니라 사회의 윤리를 지켜가는 데도 필수임을 알 수 있습니다.

▸ 함께 읽으면 좋을 책들 ─────────────────

· 이언 매큐언, 『첫사랑 마지막 의식』, 한겨레출판, 2018

　　　　　 『차일드 인 타임』, 한겨레출판, 2020

　　　　　 『체실 비치에서』, 문학동네, 2008

　　　　　 『스위트 투스』, 문학동네, 2020

　　　　　 『칠드런 액트』, 한겨레출판, 2015

　　　　　 『넛셸』, 문학동네, 2017

· 할레드 호세이니, 『연을 쫓는 아이』, 현대문학, 2010

· 줄리언 반스, 『예감은 틀리지 않는다』, 다산책방, 2019

· 마거릿 애트우드, 『눈먼 암살자 1, 2』, 민음사, 2017

여성의 상상력과 창조성
메리 셸리, 『프랑켄슈타인』

메리 셸리의 시간과 공간과 사유가 만든 창조물

'툭'

벌거벗은 한 피조물이 얇은 막을 찢고 나와 바닥으로 떨어집니다. 그의 몸은 다 자란 어른의 모습이지만 '움직임'은 갓 태어난 아기처럼 느리고 서투릅니다. 그는 천천히 몸을 움직입니다. 처음에는 사지를 비틀어봅니다. 손과 발을 꿈틀거린 다음, 팔과 다리를 움직이고, 기어가는 동작을 합니다. 이 동작을 천천히 반복한 후 바닥에서 일어나 앉고, 신체를 다 세워 무거운 발걸음을 한 발자국 떼어놓습니다. 정적 속에서 섬세하고 힘겨운 동작이 오랜 시간 이어집니다. 아기가 태어나 걷기까지의 과정을 압축하여 보여주는 듯한 이 장면은 경이로워서 눈을 뗄 수 없습니다.

이것은 메리 셸리가 쓴『프랑켄슈타인』속 '괴물'의 탄생 장면이에요. 몇 해 전 영국 국립극장이 이 소설을 무대에 올렸고, 첫 부분이 이 탄생 장면이었죠. 우리나라에서도 이름이 알려진 영국 배우 베네딕트 컴버배치가 소설 속 '괴물'을 연기했어요. 영국 국립극장이 연극을 비디오로 촬영해서 우리나라 영화관에서 볼 수 있었는데 이 장면이 전달하는 감동과 전율이 대단했습니다.

『프랑켄슈타인』의 괴물은 영국 문학사에서 가장 외롭고, 가장 인상 깊은 존재라고 할 수 있어요. 사람이라고 하기도 어렵고, 인간에 의해 만들어진 피조물이거든요. 소설을 읽기 전에는 '프랑켄슈타인은 괴물이다.'라고 잘못 알고 있는 경우가 많아요. 정확히는 '프랑켄슈타인'은 피조물을 만든 박사의 이름입니다.

『프랑켄슈타인』은 최초의 공상 과학 소설이라는 타이틀도 가지고 있어요. 인공지능과 생명공학이 발전한 21세기에 생명 창조의 윤리성과 관련하여 더 조명받고 있죠. 소설과 관련된 이야기가 많지만 이번에는 작가 메리 셸리를 기억하게 하는 '창조성'에 대해서 이야기해볼게요.

생명체를 창조하는 한 남자가 이야기의 출발점입니다. 인간이 생명을 창조하는 행위는 창조주 신에 대한 오만한 도전이라고 여겨지잖아요. 거기다 이 남자는 자신이 창조한 생명체를 돌보지 않고 버립니다. 무책임하죠. 바로 이 행동들이 불행의 시작이 됩니다. 창조자의 반대편에는 의지와는 상관없이 창조된 '피조물'이 있습니다. 이 피조물은 외로움 속에서 존재의 의미를 구하고자 합니다. 그리고 이 창조자와 피조물의 이야기를 전하는 또 다른 인물 월터가 있습니다.

이 세 사람은 모두 메리 셸리가 창조한 남성들입니다. 여성 작가의 이름으로 출판이 어려웠던 19세기 영국, 과학 지식, 출산한 아이를 잃은 모성의 고통, 당대 유명한 시인 남편, 그리고 유명 문필가 부모님. 이 모든 요소가 메리 셸리 내면에서 어우러져 『프랑켄슈타인』의 창조로 이어진 이야기를 이어가 보려고 합니다.

메리 셸리는 작가란 자신의 상상력으로 대상이 가진 가능성을 발견하고, 그와 연관된 아이디어를 창조하는 능력을 갖춰야 한다고 생각했습니다. 셸리의 이런 생각은 소설을 창작할 때 그녀의 화두였고, 소설이 탄생하기까지 그녀가 붙들고 있던 사유였습니다. 메리 셸리의 『프랑켄슈타인』은 한 여성이 자신의 시선으로 세상을 바라보고, 자신의 입으로 말하고,

자신의 생각을 표현하며, 자기만의 공간에서 무엇인가를 창
조해내는 여성의 '창조'에 관한 이야기라고 해석할 수 있어요.
그녀의 시간과 공간과 사유가 만들어낸 특별한 창조물이 『프
랑켄슈타인』이라는 문학으로 탄생했거든요.

우리 모두가 아티스트!

"하늘을 올려다보고 자세히 들여다보면 구름의 모양이
인생과 같음을 알 수 있어요. 구름은 날씨, 온도, 바람에 따
라 매순간 모양이 변해요. 언제 바라보는지 그때에 따라 보
이는 모습도 다양하죠. 비가 오는 날에 구름이 보이지 않을
때조차도 특징이 있고, 오전 10시 전후로 화창한 하늘은 정
말 선명해서 좋아요."

이 시적인 표현은 '하늘과 구름'을 소재로 그림을 그리는 분
이 들려준 말입니다. 그녀는 넓은 하늘과 구름 속에 기억, 꿈,
희망, 시간, 현재를 담아 표현하는 화가입니다. 하늘과 구름은
생각의 출발점이 되기도 하고 때론 내면을 비춰준다고 하는
군요.

이 분은 제 강의를 들었던 학생이었습니다. 20대 학생들 사이에 앉은 그녀는 마흔 즈음으로 긴 생머리에 청바지를 입은 조용한 모습이었습니다. 학기마다 나이가 많은 학생분들은 있기 때문에 처음부터 특별한 관심이 있었던 건 아니었어요. 어느 날 그분의 이메일 주소가 눈에 띄었습니다. 영어로 '천재'와 '엄마'를 조합한 주소가 특별해 보였거든요. 그녀에 대해 더 알게 된 건 그녀의 졸업작품 전시회였습니다. 미국 텍사스주 맑은 하늘의 구름을 다양하게 표현한 그녀의 그림은 문외한의 눈에도 아마추어 이상의 멋진 작품이었어요.

그녀는 아이들의 교육을 위해 한국을 떠나 11년간 미국 텍사스에 머물렀다고 했어요. 자녀들은 모두 잘 성장해서 미국 최고 학부에 입학했고 그녀는 한국으로 돌아왔다고 했습니다. 11년 간의 긴 공백으로 한국에 아는 사람들이 없었고, '뭐라도 하려면 움직이고 시작해야겠구나.'라는 생각이 들었다고 했습니다. 그래서 미술대학에 들어가기로 결심했고, 그림 그리기를 이어갔다고 했습니다. 낯선 미국 생활 속에서 자녀 교육에 정성을 쏟으면서도 매일 그곳 하늘을 올려다보면서 구름을 보았고, 입학이 어려운 미술 스튜디오에도 당당하게 합격하여 그림을 그렸다고 했어요. 자녀들이 잘 성장해주었지만, 낯선 시간 속의 고단함을 그림으로 잠시 잊기도 했을 것 같아요. 그녀의 구름 속에는 긴 시간 관찰한 다양한 사유가 담겨 있습니다.

졸업 후 시간이 흘러 오랜만에 다시 그분과 연락이 닿았고 새로운 소식을 전해주었습니다. 우리나라 유명 미술 대학의 대학원에 입학했다고 했어요. 그리고 올해 초에는 작품이 인정을 받아 이름만 들으면 알 수 있는 대기업 회장실에 걸리는 영광도 얻었다고 했어요. 그녀는 계속 해서 '구름'을 소재로 그림을 그리고 있었습니다. 그간의 소식을 들으며 연신 '멋있다'를 반복하며 듣던 제가 조심스럽게 여쭤봤어요. "고교 시절 그림 실기 '양'의 성적이었던 재능 없는 저도 그림을 그릴 수 있을까요?" "그럼요. 모든 사람은 아티스트예요. 우선 하늘을 자주 올려다보고 구름을 많이 보세요. 기본기를 오래 닦고, 기본에 충실하고, 물감을 사용할 때도 기본을 잘 지키면 누구나 그릴 수 있어요. 누구나 할 수 있어요."라고 격려했고, 그 말은 인상 깊었습니다.

창조에 닿기까지, 메리 셸리의 시간들

메리 셸리의 탄생과 혈통은 평범하지 않았어요. 1797년 태어나보니 아버지는 윌리엄 고드윈, 어머니는 메리 울스턴크래프트였죠. 당대 화제의 중심에 자주 섰던 두 사람이었죠. 아버지 고드윈도 18세기 영국 사회에서 무정부주의 철학자로 이름이 나 있었지만, 어머니 울스턴크래프트가 쓴 『여성의 권리 옹호』는 현대 여성주의 이론의 기초가 될 정도로 오랫동안 영향을 주고 있어요. 『딸들의 교육에 대한 생각』은 당시에도 큰 인기를 얻었습니다. 그런 부모님의 영향으로 메리는 어릴 때부터 책을 읽고 글을 쓰는 데 관심을 가졌다고 합니다.

탄생과 죽음은 메리 셸리의 삶에 두려움과 아픔을 준 주제였습니다. 어머니 메리 울스턴크래프트가 자신을 낳고 얼마 지나지 않아 출산으로 인한 열로 사망했거든요. 그리고 메리 셸리도 어린 나이에 세 아이를 낳았지만, 갓난 아기를 키우기 어려웠던 환경 때문인지 세 아이를 잃었어요. 아픔이 컸습니다. 그녀의 탄생이 어머니 죽음의 원인이었고, 그녀의 출산도 죽음으로 이어졌기에 '탄생'이나 '출산'이 죄책감이고 고통이었을 겁니다. 하지만 어머니와 계속 함께 할 수는 없었지만, 어머니가 남긴 여성에 대한 진보적 사상은 메리에게 이어졌습니다. 어머니 메리 울스턴크래프트는 여성의 교육에 대해서 강조했거든요. 여성은 태생적으로 남성에 비해 열등한 것이 아니라, 교육의 기회가 없어서 열등한 것처럼 보이는 것이라고 주장했어요. 그리고 여성도 자신의 능력을 발휘하고 지성을 키우고 정신을 강화해야 한다고 했습니다. 상상력에 대해서도 말했습니다. 이 상상력은 『프랑켄슈타인』의 탄생의 주춧돌이 되었어요.

『프랑켄슈타인』 출간 당시 메리 셸리가 가장 많이 받은 질문은 어떻게 어린 여자가 그런 소름 돋는 착상을 하고 이야기로 만들었는가였습니다. 이 질문에 대한 답은 메리의 상상력이었죠. 메리가 어려서부터 글쓰기보다 더 즐겨했던 것이 '상상하기'였다고 합니다. 상상하기는 속상할 때는 피난처가 되고, 한가할 때는 즐거움을 주었다고 합니다. 그녀의 상상력이 혼돈 속에서 여러 재료를 끌어 모아 그녀만의 창작물을 낳게 한 겁니다.

메리 셸리의 삶과 창작에 또 다른 영향을 준 사람은 남편이었어요. 두 사람이 부부가 되기까지의 시간도 만만치 않았어요. 메리의 남편은 18세기 영국 낭만주의 3대 시인 중 한 사람인 퍼시 비시 셸리입니다. 바이런, 키츠와 함께 정말 유명한 시인이죠. 그는 메리의 아버지 고드윈을 존경하며 그 집을 몇차례 방문했고, 그 과정에서 메리와도 친분을 가지게 되었죠.

귀족 집안 출신인 셸리는 당시 결혼을 한 상태였고, 그 결혼 생활은 사랑 없이 유지되고 있었습니다. 메리가 가진 부모님의 배경이 퍼시 셸리에게 매력적이기도 했지만, 메리가 가진 여러 매력에 많이 끌렸어요. 두 사람은 메리가 열일곱 살이었을 때 집을 나와 사랑의 도피 여행을 떠납니다. 두 사람의 관계에 대해 많은 말들이 이어졌고, 셸리 집안에서도 두 사람의 관계를 인정할 수 없다며, 생활비를 끊기도 했어요. 지원이 중단되자 두 사람은 어려운 생활을 이어가야 했어요.

1816년 비가 많이 내리던 여름 메리 셸리는 인생 최고의 창작을 시작합니다. 열아홉 살이었던 메리는 남편으로부터 바이런을 소개받았어요. 퍼시 셸리, 바이런과 함께 스위스 제네바 근처 빌라 디오다티에 묵었죠. 그때 바이런이 각자 괴담을 하나씩 쓰자고 제안했어요. 이 제안이 『프랑켄슈타인』 창작의 출발점이었습니다. 그해 여름 날씨는 습하고 흐리고 비가 끊임없이 내렸어요. 비가 내려 여름 시간이 심심하니 '우리 무서운 공포 이야기나 하나씩 만들어 나눠봅시다.'라는 제안을 한 거죠. 당대 유명 시인답죠. 메리는 공포 이야기를 잘 만들고 싶었고, 계속 형체가 있는 이야기를 만들어내려고 노력했어요. 비는 계속 내렸고, 빌라에서의 여름 시간은 메리에게 또 다른 기회도 제공했어요. 셸리와 바이런이 나누는 철학적 대화들, 나아가 당시 회자되던 전기로 죽은 생명을 살리는 갈바니즘, 생명 원리와 본질, 생명체를 구성하는 부분들을 만들어 조립하면 생명의 온기가 부여될 수도 있다는 대화를 경청하는 기회가 주어졌거든요. 그 대화를 계기로 메리의 상상력은 날개를 달았고, 자신이 창조한 '소름 끼치는 존재'와 그 '존재'를 들여다보며 경악하는 한 학생에 대한 구체적인 영상을 떠올렸어요. 『프랑켄슈타인』은 이렇게 탄생하였습니다. 소설에 보면 빅터 프랑켄슈타인이 피조물을 창조하는 과정에서 뼈, 혈액순환, 관절, 해부학 등 신체 생리학적 원리가 자세히 묘사되어 있어요. 생명 창조를 위한 과학 지식 외에도 화학, 현미경술, 자기장, 다윈의 진화론에 대해서도 자세한 설명이 나오죠. 아무튼 가능성 있는 여러 소재를 구체적인 이야기로 만들어낸 건 그 누구도 아닌 메리 셸리, 그녀였어요.

생명 창조의 개념은 소설의 원래 제목에도 나와 있습니다. 온전한 제목은 『프랑켄슈타인: 현대의 프로메테우스』거든요. 신화 속 프로메테우스는 제우스의 명령으로 인간을 창조한 뒤, 제우스 몰래 불을 훔쳐 인간에게 준 벌로 코카서스 산에 묶여 독수리가 간을 쪼아 먹으면 또 새로 돋고 또 쪼아 먹는 영원한 형벌을 받습니다. 이 프로메테우스의 그림은 한 번쯤 보신 적 있을 거예요. 이 현대의 프로메테우스는 소설 속 빅터 프랑켄슈타인입니다. 빅터는 피조물을 창조하고, 피조물의 혐오스런 형상에 경악하며, 자기가 만들어낸 생명체를 돌보지 않고 바로 버립니다. 그 피조물에서 파생된 비극이 빅터의 삶을 북극까지 내몰고 죽게 합니다.

여성의 상상력을 담기 좋았던 고딕소설

메리의 『프랑켄슈타인』은 내용이나 배경이 여느 소설과는 다릅니다. '고딕소설'이라고 부르는데, '고딕'은 중세 건축 양식에서 유래했어요. 중세의 건축물이 주는 폐허 같은 분위기가 공포라는 소설적 상상력을 이끌어냈다는 의미에서 '고딕'이란 이름을 붙인 겁니다. 18세기 말 당시 고딕소설 양식이 유행하기도 했지만, 고딕소설은 여성인 메리가 자신의 재능과 이야기를 담기에 꼭 맞았어요. 당시는 여성의 이름으로 소설을 펴내기도 어려웠거든요. 고딕소설은 가부장적인 가치 속에서 펼치기 어려운 여성의 재능을 보여주기 좋은 그릇이었던 거죠.

고딕소설은 분위기가 어둡고, 실제 현실에서 일어나지 않을 초자연적인 사건을 다루고, 죽음을 다루는 경우가 많아요. 독자들이 살고 있는 당대의 현실적인 공간을 벗어나 진행되는 이야기여야 하고, 실제 만날 수 없는 인물 이야기인 경우가 많죠.『프랑켄슈타인』을 담는 그릇이 고딕이기 때문에, 소설의 장소, 풍경, 날씨 같은 환경 요소도 '고딕'스럽고, 인물도 초자연적이며, 죽음도 자주 나와요. 그리고 주인공은 사회로부터 떨어져 고뇌하죠. 자신의 행동과 결정이 악의 상태로 빠지고, 고통을 겪습니다. 주인공은 지구 여기저기를 돌아다니거나 방랑자가 되어 영원한 포로가 되어 형벌을 받습니다.『프랑켄슈타인』은 이 모든 요소를 품고 있어요.

빅터 프랑켄슈타인은 스위스 제네바 출신입니다. 그는 스위스 잉골슈타트대학에서 생명 창조의 열망을 품고 생명을 창조하죠. 사랑하는 가족의 죽음 소식을 듣고 다시 고향 제네바로 돌아오고, 스위스 알프스 몽블랑에서 자신의 피조물과 만납니다. 이후 독일을 거쳐 잉글랜드를 지나 스코틀랜드 에딘버러를 경유한 후 북쪽 오크니 섬에서 또 다른 생명체 창조에 몰래 착수합니다. 소설의 배경이 잉글랜드로 특정되지 않아요.『프랑켄슈타인』속 장소는 스위스 제네바와 알프스, 독일을 거쳐 영국 중부에서 스코틀랜드, 외진 작은 섬, 마지막에는 북극에서 끝을 맺습니다. 당시 영국 작가들이 주로 그리던 이야기의 배경과는 차이가 크죠.

아름다운 피조물의 탄생

『프랑켄슈타인』은 3부로 구성되어 있어요. 1부에서는 북극 항해 모험을 떠난 월턴 선장의 편지로 시작합니다. 월턴 선장은 북극 모험을 떠나 항해 중인 인물입니다. 그 항해 도중 빅터를 만나 그의 이야기를 전해 들으면서 소설이 시작되죠. 월턴 선장은 시를 쓰기도 했지만 지금은 배에서 자연과학 공부를 하고 아무도 하지 않은 모험을 시도 중인 인물입니다. 미지의 세상에 대한 지식을 얻기 위해 떠나왔다는 점은 빅터 프랑켄슈타인이 아무도 시도하지 않은 생명 창조에 대한 열망을 드러내는 모습과 비슷합니다. 사회에서 벗어나 혼자 연구에 몰입하는 아웃사이더 같은 모습이죠. 하얀 눈만이 펼쳐진 북극에서 새로운 길을 만드는 이 인물에게 빅터 프랑켄슈타인의 이야기는 너무나 흥미로웠을 거예요.

이후부터는 월턴 선장이 전달하는 빅터 프랑켄슈타인 이야기가 이어져요. 빅터는 애정 가득한 어린 시절을 보내고, 전기학과 수학을 독학한 후 대학에 입학하여 미지의 힘을 탐사하고 창조의 은밀한 신비를 세상에 펼치려고 결심합니다. 2년 동안 혼자 연구에 몰두하여 생명의 원인을 밝히고, 무생물에 생명을 부여하는 기능을 밝혀낸 후, 마침내 생명 창조에 성공하죠. 우수한 생명체 창조 가능성에 대한 믿음을 멈추지 않고 연구하여 드디어 생명체를 만들어내는 데 성공합니다.

생명을 창조하는 일은 한 번도 이루어진 적 없는 원대한 희망에서 시작되었어요. 하지만 이 생명체는 어둠의 재료들로 만들어집니다. 빅터가 납골소에서 구한 뼈로 골격을 세우고, 시체를 훼손하여 아름다운 외모의 특징들만 골라냅니다. 이어 비례가 맞도록 팔다리를 구성하고 생명의 전기를 흐르게 하여 피조물이 탄생합니다. 빅터가 아름답게 짜맞춘 피조물은 쭈글쭈글하고 누런 피부를 가지고 있으며, 이 피부는 근육과 동맥을 가리고, 윤기 있는 검은 머리칼이 있지만, 눈은 진주처럼 희고, 새까만 입술과 대조를 이루어 섬뜩합니다. 빅터에게 공포와 역겨움을 안겨주는 형상이 됩니다. 이 피조물이 처음 관절을 움직일 때는 빅터에게 '상상 못할 악마'가 되어버립니다. 아름다운 피조물로 만들려고 했지만 예상하지 못한 결과로 이어졌어요.

이름 없는 존재

2부는 이 피조물의 이야기를 그립니다. 소설 속에서 이 피조물을 가리키는 용어는 다양합니다. 이 피조물을 창조한 빅터 프랑켄슈타인은 피조물, 악마, 오우거, 여러 명사로 부르지만, 정작 이 피조물을 부를 수 있는 이름은 없습니다. 메리 자신도 '이름 붙일 수 없는 존재'라고 하기도 했으니까요. 존재한 적 없는 존재에 대해 붙일 수 있는 이름이 마땅하지 않은 거였죠. 소설 출간 이후 연극이나 영화로 만들어지는 과정에서도 이 피조물의 이름을 고민했지만, 창조자의 이름인 프랑켄슈타인으로 인식이 된 거죠.

이 피조물은 버려진 아이의 특징을 가지고 있어요. 빅터의 부모님은 온갖 애정을 쏟아부어 빅터를 키웠어요. 하지만 빅터는 자신이 만든 피조물을 보자마자 혐오하고 경악합니다. 그래서 버립니다. 이 피조물은 부모를 잃고 혼자 성장하는 아이입니다. 학습 능력이 뛰어나고 감정을 가지고 있으며 연민을 자아내는 존재입니다. 단순히 잔인한 복수를 저지르는 괴물이 아니라 인간과 유사한 특징을 많이 지니고 있죠. 혼자서 다양한 감각을 구분하고, 외부 상황이나 사물을 식별하는 능력이 없고 발성도 어려웠지만, 감각을 통해 하나씩 새로운 지식을 천천히 습득하는 모습은 아기가 태어난 후 걸음마를 배우고 말을 배우고 세상에 대해 하나씩 배워가는 과정과 정말 비슷합니다.

특히 가난하지만 행복한 드라세 가족들이 서로 사랑하며 살아가는 모습을 보면서 자신도 사랑 받고 배려 받고 싶은 욕구를 가지는 부분은 연민이 느껴집니다. 우연한 기회에 문자를 습득하여 독서를 통해 인간의 역사, 정부, 종교, 전쟁, 덕목, 종교, 본성, 인간사회 구조, 부의 특징과 계급에 대해서 논할 때는 놀랍습니다. 『실낙원』,『플루타르크 영웅전』,『젊은 베르테르의 슬픔』을 읽고 인간 삶에 대한 통찰을 하고 인간 사회를 이해합니다. 모두 괴물이라고 하는 이 존재는 독서를 통해서 이성적이고 지적인 존재로 바뀌는 이 부분이 인상적이고 모순되기도 합니다.

피조물에게 고립과 단절과 외로움의 고통을 주는 것은 피조물의 정신이 아니라 겉모습입니다. 소설 속 피조물은 '온갖 생물보다 더 흉측한 모습'으로 그려져 있어요. 이 외모가 결국 절망의 원인이 되죠. 이 감정으로 인해 복수의 마음이 싹트게 되고요. 피조물이 오랫동안 관찰하는 그 행복한 가정의 아버지는 앞을 보지 못하는 노인인데, 이 피조물과 친구처럼 소통하며, 다정한 관계를 맺습니다. 이 노인은 앞을 보지 못하고, 피조물의 외모를 볼 수 없기 때문에 가능한 거였죠. 이 피조물이 다른 인간과 비슷한 평범한 외모였다면 인간 사회로부터 그리고 자신의 아버지와 같은 창조자로부터 버림받지 않았을지도 모르죠. 소설 속에서 이 피조물이 끊임없이 다정한 태도를 원하고 사람들과 어울리고 싶은 욕구를 표현하는 장면은 안타깝습니다. 결국 오랫동안 혼자 좋아했던 가족으로부터 거부당하면서 복수를 다짐해요. 그래서 자신을 창조한 프랑켄슈타인 박사를 찾아갑니다.

이 피조물의 '괴물'성은 고립, 애정 부족, 소외에서 독버섯처럼 뻗어 나옵니다. 소설 속 인간 가족들은 사랑으로 가득합니다. 부모님의 사랑, 애정을 주는 친구, 연인의 사랑, 가족 간의 사랑, 보호와 호의가 자주 나옵니다. 소설 속에서 유일하게 모든 것이 부재하는 존재는 프랑켄슈타인이 창조한 피조물뿐입니다. 그에게는 가족, 공감, 배우자, 사랑, 호의, 무엇 하나 없습니다. 사람에게 가까이 다가가고 싶은 마음이 철저하게 외면당하고 오히려 공격과 배척만 받고 소외당하죠. 이러한 애정의 부재와 소외가 괴물 같은 모습으로 이어져 창조자에 대한 파멸을 가져옵니다. 이 피조물은 자신을 창조한 빅터가 사랑하는 사람들의 생명을 빼앗고 복수를 시작합니다.

피조물은 처음부터 잔인한 복수를 다짐하지는 않습니다. 그도 다른 인간들처럼 외롭지 않으면서 애정을 받는 존재가 되고 싶었을 뿐입니다. 하지만 이 바람은 이루어지지 않을 뿐더러 이루어질 수도 없기 때문에 창조자와 피조물은 서로 쫓고 쫓기는 사이가 되어버립니다. 그칠 줄 몰랐던 탐구욕의 결과로 탄생한 이름 붙일 수 없는 존재로 인하여 여러 비극이 이어집니다.

소설 속 '괴물'은 혼자 있는 시간이 차고 넘치므로 함께 어울릴 수 있는 '세상'을 갈구하며, 프랑켄슈타인 박사에게 자신과 똑같은 피조물을 다시 만들어달라고 애원합니다. 자기만큼 흉하고 소름 끼치는 여자, 자기를 거부하지 않을 배우자, 같은 종의 똑같은 약점을 지닌 그런 존재를 다시 창조해달라고 부탁합니다. 그래서 빅터 프랑켄슈타인은 창조를 위한 여행을 떠납니다. 제네바를 떠나 잉글랜드를 거쳐 스코틀랜드 북쪽 외딴 섬에서 같은 작업을 반복하지만 최종 순간 망가뜨립니다. 이 마지막 결정 때문에 피조물은 분노하며 빅터의 사랑하는 약혼자를 해칩니다. 결국 두 존재는 서로 쫓고 쫓기는 숙명의 관계가 됩니다. 두 존재의 추격전은 드넓은 북극까지 이어집니다. 아이러니하게도 이 외로운 피조물에게는 자신을 인정하지 않는 빅터 프랑켄슈타인만이 자신의 존재를 알고 있는 유일한 존재입니다.

두 메리의 상상력

메리 셸리의 소설 『프랑켄슈타인』은 끊임없이 알고자 하는 인간 욕망이 인간에게 축복인지에 대해서 생각하게 하고, 현대에 이르러 인간이 만든 과학 기술에 대한 윤리적인 성찰을 이끌어내기도 하고, 단절과 소외가 초래하는 부정적인 결과에 대해서 생각해보게 합니다.

하지만 메리 셸리의 『프랑켄슈타인』은 메리 셸리가 잉태시킨 불멸의 창조물로 기억하면 좋을 듯합니다. 자신을 낳고 돌아가신 어머니와 자신이 잉태했지만 죽은 세 아이와는 달리 메리가 창조한 『프랑켄슈타인』은 영원히 사리지지 않을 겁니다. 나아가 여성 작가가 흔치 않던 시절 메리가 상상하고 만들어낸 이야기가 21세기까지 성공적으로 이어지고 있는 점도 돋보이죠. 소설 속 빅터의 상상력은 파국을 맞았지만, 실제 메리 셸리의 상상력은 문학사에서 유일무이한 작품을 탄생시켰고, 그녀의 창조력은 어떤 작가와도 비교되지 못할 만큼 뛰어나거든요.

끝으로 두 '메리'의 상상력의 성공적인 결과에 대해서도 말하고 싶습니다. 메리 울스턴크래프트에서 딸 메리 셸리에게로 이어지는 여성의 상상력은 200년이 흐른 지금도 많은 여성들에게 영향을 주고 영감을 주죠. 용감했으며 시대를 앞서 갔던 두 '메리'의 상상력은 창조의 원천이 되었죠. 앞서간 그녀들을 따라 평범한 우리도 아티스트가 될 수 있다는 가능성을 가져도 되지 않을까요?

▸ 함께 읽으면 좋을 책들 ─────────

· 메리 셸리, 『최후의 인간 1, 2』, 아고라, 2014
　　　　　　『보이지 않는 소녀』, 쏜살문고, 2019
· 메리 울스턴크래프트, 메리 셸리, 『메리, 마리아, 마틸다』, 한국문화사, 2018
· 브램 스토커, 『드라큘라 상, 하』, 열린책들, 2009

말하고 싶은 존재의 순간들

버지니아 울프, 『댈러웨이 부인』

나의 순간들

오늘 걸으셨나요? 걸어가면서 여러 생각들이 떠올랐나요? 어디에 있든 온갖 생각이 떠오르지 않나요? 생각이란 과거 현재 미래를 가리지 않고 떠오르죠. 버지니아 울프의『댈러웨이 부인』은 런던 거리를 걷는 소설 속 인물들의 다양한 순간을 보여줍니다. 거리의 모습도 묘사하지만 마음속 모습을 더 많이 보여주죠. 울프는 이 순간을 '존재의 순간'이라고 이름 붙였어요. 그 순간이 '삶의 진실'을 보여준다고 믿었거든요.

울프의 소설을 읽다보면 나도 '나의 순간들'을 들여다보게 됩니다. 가끔은 지나간 한순간을 꺼내 보게도 되고요. 그 순간들이 모두 모여서 우리 인생의 이야기를 구성하죠. 수많은 순간들이 많았지만 지금은 이 세 가지 에피소드가 떠오르는군요.

그날은 고향으로 가는 KTX 기차를 타려고 서울역 지하통로를 급히 걸어갔어요. 기차 시간이 다 되자 마지막에는 어린 두 아이들을 끌다시피 하며 뛰었죠. 겨우 기차에 올랐고, 우리 좌석을 찾아갔어요. 그런데 이미 누군가 앉아 있는 거예요. 승무원이 오시고 우리 기차표를 유심히 본 후 말하더군요. "고객님, 이 표는 어제 출발한 기차표입니다. 잘못 타셨습니다."

또 어느 날은 운전 면허를 딴 후, 첫 운전의 목적지인 학교로 출발했어요. 언덕에 있는 학교였는데 언덕을 매끄럽게 잘 올라갔죠. 바로 눈 앞에 주차장이 보였고, 너무 이른 안도를 했는지, 그만 옆에 주차된 차를 박아버렸어요. 쿵 하는 폭발음이 들렸고, 초보 운전자는 무슨 일인지 살펴보려고 허겁지겁 차에서 내렸죠. 그 순간 지나가는 학생이 말했어요. "어, 차 굴러가요!" 브레이크를 걸지 않은 차가 뒤로 굴러가고 있었답니다.

더 먼 옛날 그때는 대학 2학년이었고, 결석으로 점수를 더 깎이면 위험해져 교수님께 사정을 드렸어요. 교수님은 그 당시 배우고 있던 헤밍웨이의 『노인과 바다』에서 '씨'가 들어간 문장을 써오라고 하셨어요. 얇고 푸른 표지를 가진 그 책을 훑어본 후 '씨'가 들어간 문장을 잔뜩 써 갔죠. 물론 '씨'가 너무 많아 딱 한 페이지만 써 가긴 했어요. 교수님이 말씀하셨어요.

"씨"는 도대체 어디 있니?" 제가 써가야만 했던 '씨'는 글쎄 바다를 뜻하는 '씨'였던 거예요. 저는 한치의 의심도 없이 알파벳 '씨'라고 생각했어요. "역시 우리 교수님은 창의적이고 멋진 분이셔. 이건 정말 벌다운 벌이야."라고 생각하면서요. 이소설의 첫 페이지에는 '바다'라는 단어가 나오지 않고 아마 몇 페이지 후에 나올 거예요. 아마 첫 페이지 모든 문장에 알파벳 '씨'가 들어 있었던 같아요.

우리가 경험하는 매순간은 다양합니다. 신기하게도 끊임없이 새로운 순간들이 생겨납니다. 순간 속에는 만남, 오해, 아픔, 여유, 기쁨, 감동, 실망 많은 내용들이 담겨 있죠. 가끔 그 순간들을 들여다보며 웃기도, 아파하기도, 성찰하기도 하죠. 우리는 이런 수만 개의 기억과 생각과 생의 '순간'을 가진 존재들이어서 그런 것 같아요.

울프의 '존재의 순간'

『댈러웨이 부인』을 읽는다면 울프가 표면으로 길어 올리려고 골똘히 생각했던 '존재의 순간'들을 만날 수 있어요. 다양한 인물들이 자신만의 내밀한 기억과 이야기를 들려주거든요. 그런데 특이한 점은 모두 자신의 속마음과 생각을 혼자 말하듯 드러낸다는 거예요. 서로 주고받는 대화라기보다 그저 일상적인 기억, 생각, 느낌을 표현합니다. 이렇게 등장인물이 규칙이나 질서 없이 떠오르는 대로의 생각의 흐름을 그대로 보여주는 방식이 울프 소설의 특징이에요. 소설의 형식에서 보자면 이런 의식의 흐름은 독자에게 친절한 방법은 아니에요. 하지만 울프가 빚어내는 이 '순간들'이야말로 존재의 한순간, 반짝반짝 빛나는 순간들입니다.

한 인간으로서 지적이고 창조적이며 정열적이었던 버지니아 울프는 삶의 '한순간'을 붙들어 일단정지시킵니다. 그 후 그 순간을 얇게 잘라내죠. 그 다음 결이 하나하나 보이도록 자세히 묘사하려고 시간을 들입니다. 우리 인간이 지닌 삶의 진실, 있는 그대로의 모습을 표현하고 싶었던 거죠. 그래서 『댈러웨이 부인』은 울프만의 방식으로 쓴 울프만의 소설이 됩니다.

정서적 지지자 어머니를 잃고서

울프 삶의 순간을 몇 가지 들여다보면 울프만의 소설은 어떻게 탄생했는지 이해하기 수월해집니다. 버지니아 울프는 1882년 1월 영국에서 레슬리 스티븐과 줄리아 스티븐의 여섯째 아이로 태어났습니다. 빅토리아 시대가 끝나고 20세기로 넘어가는 시기에 아주 빅토리아적인 가정에서 출생했어요. 어린 울프는 펜을 잡을 수 있었던 세 살 때부터 글을 쓰기 시작했어요. 매우 감수성 풍부한 아이였고, 집안의 스토리텔러였어요.

울프 집안의 아들들은 케임브리지대학을 다녔지만, 딸들은 정규교육 대신 부모님이 가르치는 가정교육을 받았어요. 이 부분에 대해 버지니아는 계속 분개합니다. 20세기 여성 진보에 대해 목소리를 내는 계기가 되었을 거예요. 19세기 후반 영국 중산층의 딸들은 대부분 필요한 부분만 집에서 배운 후 결혼을 하는 게 흔한 일이었어요. 다행히 이 집안은 문학에 관심이 많았고, 울프에게 아버지의 서재는 지적인 성장을 할 수 있는 혜택의 공간이었습니다. 아버지와 어머니의 격려도 있었죠. 어린 울프는 자기가 이런저런 책을 읽고 있음을 뽐내기도 했던 것 같아요.

이러한 지적인 집안 분위기에서 성장한 울프에게 가장 큰 정서적 영향을 준 인물은 어머니였어요. 빼어난 아름다움을 지닌 울프의 어머니 줄리아 스티븐은 49세에 사망하는데 그 당시 울프는 13세 소녀였습니다. 어린 울프에게 어머니는 전체이자 중심이었기 때문에 어머니의 죽음은 울프에게는 몹시 비극적이고 충격적인 일이었어요. 이때 울프는 평생 그녀를 힘들게 한 첫 번째 정신질환을 경험합니다. 울프는 어머니의 죽음 이후 마흔이 될 때까지 어머니에게 '사로잡혀' 있었다고 쓰고 있습니다. 매일 어머니의 목소리를 듣고, 보고, 뭘 말할지 상상할 수 있었다고 합니다.

어머니의 죽음 이후 아버지의 우울이 심해졌고 버지니아는 그런 아버지와 함께 점점 정서적 불안을 경험합니다. 아버지의 죽음 바로 직후 자살을 시도하기도 했어요. 그러다 태어난 집을 떠나 블룸즈버리로 이사하면서 여러 번의 죽음과 그들을 지켜보던 눈으로부터 해방될 수 있었어요. 결혼 후 정신질환에 시달리며 먹지도 못하고, 요양원으로 가기도 했지만, 남편 레너드의 정신적·신체적 지지와 도움으로 행복한 시간을 보냈습니다. 레너드가 부여하는 안정감과 사랑과 지원이 있어서 울프의 집필 활동이 가능했다고 합니다. 울프의 남편 레너드는 울프의 재능을 알아보고 그 재능을 발휘할 수 있도록 온마음으로 지지했죠.

자유롭게 소설을 실험하다

블룸즈버리로 이사 가면서 이 형제자매들과 울프는 여러 종류의 변화, 개혁을 시도하게 됩니다. 특히 울프는 왜 온통 전쟁, 정부, 축구에 대한 소설만 쓸까 의문을 가졌어요. 왜 쇼핑하는 여성이나 요리를 하는 여성에 대한 소설은 없을까 생각하기도 했죠. 그리고 인간 관계에도 관심이 많았어요. 하지만 서로 말로 표현하는 관계가 아니라 각자의 마음속에 있는 것에 관심이 더 갔죠.

울프는 언니 바네사와 정말 친했어요. 언니는 화가였어요. 초상화를 그릴 때 사람을 그리면서 눈코입이 없는 얼굴 자체만 그렸어요. 옆에서 이런 표현 방식을 지켜봐온 울프는 이런 실험적 방식을 소설 속에 표현해보려고 했어요. 결혼 후에는 남편 레너드와 집 지하에 인쇄기를 갖다 두고 호가스 출판사를 차렸어요. 이 출판사에서 울프의 작품을 펴냈는데, 이렇게 자기 출판사에서 자신의 책을 출간하니까 울프는 자유롭게 새로운 기법을 시도해볼 수 있었어요. 이러한 여러 과정을 통해 울프가 그 당시 전통적인 소설 기법을 거부하고 그녀만의 새로운 소설 기법인 '의식의 흐름'대로 쓸 수 있었을 거예요.

표면 뒤에 있는 실체에 다가가기

소설을 쓰는 방식도 새로웠지만, 울프가 쓰려는 내용도 정말 시대를 앞서갔습니다. 울프는 일상의 '한순간'을 잘라내어 그 속에 삶의 진실을 담고자 했다고 말씀드렸었죠. 울프는 어떻게 하면 이렇게 쓸 수 있을까 어떻게 하면 이 방법으로 존재의 순간을 포착하고 표현할 수 있을까 오랜 시간 고민했다고 합니다.

울프는 일기도 많이 썼는데, 그 일기 속에서 울프는 우리는 하루를 보내면서 많은 부분을 의식하지 않은 채 보낸다고 쓰고 있습니다. 정말 그런 것 같죠. 걷고, 먹고, 일하고, 사물을 보고, 식사를 준비하고, 세탁하고, 책을 읽고 등등 특별하지 않은 행위로 하루를 채우죠. 이렇게 별 다른 특징이 없어서 우리가 의식하지 못하지만 실제로는 우리의 하루를 채우는 것들을 울프는 '비존재'라고 이름 붙였어요. 그래서 진정한 소설가라면 이 '비존재'를 소설 속에 잘 나타낼 수 있어야 한다고 생각했어요.

울프는 '동굴 파기' 소설 작법에 대해 말하기도 했어요. 동굴을 판다니 의아하시죠. 울프의 동굴 파기는 이런 거랍니다.

'나는 내 인물들의 등 뒤로 아름다운 동굴을 판다. 그렇게 하면서 내가 원하는 바로 그것들, 인간다움과 유머, 깊이를 얻을 수 있으리라 생각한다. 그 동굴들이 서로 이어지고, 각기 현재의 순간에 밝은 데로 나온다.' 이 동굴 파기 방식을 소설 속에 잘 녹여 넣는 데 자그마치 1년이 걸렸답니다.

이런 방식으로 울프는 등장 인물들의 내적인 경험을 주로 묘사합니다. 이 등장 인물들은 함께 있기도 하고 따로 떨어져 있기도 해서, 독자는 자유자재로 인물들의 마음속을 넘나들며 그들의 의식의 흐름을 읽어갈 수 있습니다. 소설은 이미지나 기억 묘사, 내적인 사색 과정이 거의 전부입니다. 그래서 울프 소설 읽기가 어렵게 느껴질 수 있어요. 하지만 차근차근 읽으면서 지금 이건 누구의 의식을 담은 순간인지 밝혀내다 보면 새로운 소설의 매력을 찾을 수 있습니다.

런던의 충만한 6월

1926년 울프는 43세에 『댈러웨이 부인』을 썼습니다. 이 작품은 런던이라는 도시와 그 속의 문명이 아름다운 작품이 되는 소설입니다. 6월 중순의 런던 거리의 소리, 사람들 옷차림, 걸음걸이, 자동차, 광고, 꽃집 향기, 장갑가게, 서점, 빅벤의 종소리까지 런던 거리의 많은 것들을 생생하게 경험할 수 있거든요. 그리고 울프의 런던에 대한 사랑이 담긴 소설이기도 해요. 등장인물이 걷는 길을 따라 런던의 풍경을 자세히 묘사하거든요. 독자들은 '토끼처럼 나타났다 사라지는 런던 거리 사람들'과 함께 런던 거리를 걷는 기분을 느낀답니다.

이 소설은 인물의 내면 묘사가 주를 이루기 때문에 다양한 인물들의 내면 표현을 따라가기가 난해하답니다. 소설이 어떻게 흘러가는지 윤곽을 잡기 위해 소설 속 인물들이 하루동안 뭘 하는지 요약해볼게요. 첫 부분에선 클라리사 댈러웨이가 저녁에 있을 파티에 쓸 꽃을 사러 집을 나서요. 첫 부분부터 범상하지 않죠. 꽃집까지 가는 길 곳곳에 대한 묘사가 이어지고 문득문득 과거 회상도 합니다. 그러다 갑자기 굉장한 폭발음이 나면서 의사를 만나러 가는 셉티머스 워렌 스미스 부부가 등장합니다. 다시 클라리사의 의식으로 돌아가 젊은 시절 별장에서의 기억이 떠오르면서, 친구 샐리 시튼과 첫사랑 피터에 대한 회상이 이어져요. 꽃을 사고 집으로 돌아온 후 피터의 방문이 이어지고, 클라리사의 집을 나와 거리를 걷는 피터의 의식이 나오죠. 한편 정신과의사인 윌리엄 브래드 쇼를 방문하는 셉티머스의 의식도 그려집니다. 저녁이 되어 댈러웨이 집에서 파티가 시작되고, 윌리엄 브래드 쇼 부부가 셉티머스의 죽음 때문에 늦었음을 알려줍니다. 이 순간 클라리사가 그 젊은이를 직접 몸으로 느끼는 장면으로 끝이 납니다. 무슨 스토리인가 감이 잡히지 않으신다고요? 몇몇 인물들의 내면 묘사가 얽혀 있어 처음 몇 페이지를 읽으면 누구의 독백인지 헷갈리기도 합니다. 아마 처음에는 앞페이지로 돌아가 다시 확인하고 그럴 수도 있어요.

울프는 이 소설을 쓰기 전 1차 세계대전을 경험했어요. 전쟁은 정신질환을 가진 울프에게 너무나 음울했어요. '글을 더 쓸 수 있을까' 하고 여러 번 걱정하기도 했죠. 그래서 이 소설 첫 부분에는 그 큰 전쟁이 지나간 후 안정을 찾은 런던 거리가 나오죠. 클라리사 댈러웨이는 그 거리를 걸으며 6월의 활기와 소리와 촉감을 마음껏 받아들입니다. 그러면서 마음의 밑바닥에 가라앉아 있던 수많은 생각들이 표면을 뚫고 올라와 피어나는 순간들을 보여주죠. 울프는 이런 순간을 '현재에서 더없이 충만하게 살고 있다는 충족감'이라고 표현합니다. 울프의 이런 마음을 소설 속 클라리사 댈러웨이가 잘 표현해줍니다.

"꽃은 자기가 사오겠노라고 댈러웨이 부인은 말했다." (버지니아 울프, 열린책들, 2009, 7쪽)

이 소설의 유명한 첫 문장이죠. 클라리사 댈러웨이가 파티에 쓸 꽃을 사러 가는 거예요. 파티를 연다니 문화적 공감이 덜 가긴 해요. (어린 시절 울프의 집에서는 사교모임이 많이 열렸던 것 같아요. 파티가 익숙할 거예요.) 더군다나 이 파티에는 총리도 참석하고 다양한 사람들이 초대받죠. 클라리사는 파티를 여는 이유를 짤막하게 '봉헌'이라고 표현합니다. 누군가에게 무엇을 바친다는 뜻입니다. 클라리사 마음 깊은 곳에서는 삶이라고 부르는 것이 기묘하다고 말하고 있어요. 그녀는 늘 다른 사람들의 존재를 의식하게 된다고 해요. 그렇게 다들 흩어져 있는 것이 유감이고, 그런 사람들이 모두 함께 모일 수 있었으면 하는 생각에서 파티를 여는 것이라고 말합니다.

댈러웨이 부인과 셉티머스

이 소설에는 같이 이야기 나누고 싶은 내용들이 정말 많이 나옵니다. 서술 방식도 새롭고 등장 인물들이 매력적이어서 그런 듯 해요. 그중 몇 가지만 같이 해보도록 할게요. 우선 소설 속에는 중심인물이 두 사람 있습니다. 클라리사 댈러웨이 부인과 워렌 스미스 셉티머스이죠. 셉티머스의 존재는 작가 버지니아 울프가 댈러웨이 부인의 '더블'로 설정한 인물입니다. '더블'은 또 다른 자아라고 이해하면 좋을 것 같아요. (이름이 낯서니 두 사람 이름을 눈여겨봐주세요. 소설 읽기에서 이름이나 지명이 낯설면 흐름이 자꾸 깨지기도 하거든요.)

댈러웨이 부인은 남편이 하원의원이고, 열아홉 살의 아름다운 딸이 있고, 얼마 전 앓은 감기로 수척해졌지만 삶을 최대한 즐길 줄 아는 영국의 상류층 부인입니다. 반면 셉티머스는 시인이 되려는 꿈을 안고 런던이라는 대도시로 상경한 청년입니다. 런던에서 스미스라는 성이 아주 흔하다고 합니다. 흔한 이름답게 셉티머스는 평범하게 미래를 꿈꾸던 청년이었습니다. 미스 포울에게 셰익스피어를 배우다가, 세계대전이 발발하자 사명감을 느껴 자원 입대했어요. 가까운 사이로 지내던 상사 에반스의 죽음 이후로 정신분열증에 시달리다 자살합니다. 울프는 처음에는 작품 끝에 댈러웨이 부인이 자살하는 것으로 설정했다가 셉티머스의 자살로 변경했다죠. 소설 속에서 두 사람은 런던 거리에서 꼭 한 번 서로를 스쳐 가긴 하지만 서로를 알고 있다거나 연관은 없어요. 이 부분이 이 소설을 특별하게 만드는 지점입니다.

울프가 두 사람을 만나게 하려고 인물 뒤로 아름다운 동굴을 판다고 했었죠. 우선 울프는 두 사람의 외모를 비슷하게 설정해요. 두 사람 모두 매를 닮았어요. 마지막에 셉티머스가 창에서 뛰어내리는 장면은 소설 첫 부분에 클라리사가 창가에 서 있는 모습과 겹쳐지죠. 두 사람 모두 '태양의 열기를 더 이상 두려워하지 말라'는 구절을 표현해요. 이 구절은 셰익스피어 『심벌린』에 나와요. 죽음과 연관 있는 구절이랍니다. 『심벌린』에서 이 구절이 장례식 부분에 나오거든요. 소설 마지막의 셉티머스 죽음과 피터가 말하는 클라리사 댈러웨이의 '영혼의 죽음'과도 연관된다고 할 수 있어요. 그리고 가장 강렬한 일치는 마지막 부분에 나와요. 셉티머스의 죽음이 파티장에 알려지자, 클라리사가 그의 죽음을 직접 자신이 체험하듯 느끼거든요.

다양한 삶의 변주곡

셉티머스는 정신분열증 환자입니다. 셉티머스는 소설 속에서 현실의 표면을 꿰뚫어 그 이면의 실체를 볼 수 있는 사람으로 나와요. 세상에서 가장 위대한 메시지를 지닌 청년으로 묘사되지만, 전쟁의 후유증으로 마음의 병이 깊어진 환자입니다. 그는 비정상을 경험 하는 인물, 전쟁에서 살아남았지만 파괴된 삶을 살고, 고립된 정신만 남은 인물이에요. 더 이상 아내를 사랑할 수 없는 무감각 속에서 공포와 환영 속에 살아가요. 가장 안타까운 존재로 나옵니다.

동네의사가 셉티머스를 만나보지만 치료가 어려워 보이자 더 유능한 의사가 있는 할리스트리트로 보냅니다. 셉티머스 부부가 처음 등장하는 부분도 브래드쇼 박사에게 진료를 받으러 가는 길입니다. 클라리사가 꽃집에 있을 때 '쾅' 하는 폭발음이 들리는데, 그 순간 셉티머스도 그 소리에 넋이 나가죠. 전쟁터가 떠올랐기 때문이에요.

한편 소설 속에는 두 가지 시간이 존재합니다. 물리적인 시간과 의식의 시간 또는 심리적인 시간 이렇게 두 가지예요. 이 심리적인 시간은 기억과 연상에 의해 과거와 현재를 자유롭게 오갈 수 있는 장치라고 할 수 있습니다. 등장인물들의 의식이 과거와 현재를 오가느라고 시간 흐름이 뒤죽박죽 섞여서 길을 잃고 헤맬 즈음 빅벤의 종소리가 울립니다. 규칙적으로 울리는 빅벤 종소리는 물리적인 시간을 알려주면서 동시에 과거와 현재를 자유자재로 오가는 우리의 시간이 유한함을 알려주는 거죠.

표면적으로는 클라리사 댈러웨이가 주인공이지만, 셉티머스도 숨은 주인공이라고 했었죠. 셉티머스는 전쟁으로 마음의 병을 얻었고, 정신질환자를 격리하려는 사회 제도 때문에 죽음에 이른다고 볼 수 있어요. 셉티머스의 광기를 지배하고 벌을 내리려는 자들이 셉티머스를 죽음으로 내몰죠. 윌리엄 브래드쇼 박사가 대표적인 인물이에요. 브래드쇼는 '균형감각'을 신처럼 떠받들고 숭상함으로써 번창한 사람입니다. 이 균형감각이 영국 전체를 번영하게 만들었다고도 믿죠. 그래서 영국의 광인들을 격리시키고 출산을 금지하고 절망을 처벌하고 부적응자들이 자신들의 견해를 퍼뜨리지 못하게 합니다. 이 균형감각은 장애를 가지거나 질환을 가진 사회의 약자들을 사회로부터 격리시키려고 합니다. 셉티머스도 격리되어 요양소로 보내지려 하자 자살을 선택했던 거죠.

자신을 지키기 위한 마지막 수단

소설에는 울프의 자전적인 요소가 나오기도 합니다. 그래서 셉티머스는 일부분 울프를 상징하는 인물이라고 할 수도 있어요. 그는 극심한 정신발작에 시달리기도 하고, 울프가 경험했던 소통할 수 없는 정신 상태를 가진 인물이거든요. 울프는 자주 자신에게만 들리는 소리와 오랜 시간 힘겹게 싸웠어요. 울프의 일기에는 새가 그리스어로 노래했다는 내용이 나와요. 소설 속에도 그리스어로 노래하는 새가 똑같이 나오죠. 정신질환을 가진 셉티머스는 끊임없이 이해하기 어려운 말들을 쓰고 표현해요. 아마 이런 부분이 나오니 더 읽기가 난해할 수도 있겠어요. 하지만 셉티머스의 말들은 심오한 의미를 담고 있는 부분도 있으니 찬찬히 읽어보면 좋습니다.

셉티머스는 결국 자살을 선택하고, 클라리사는 셉티머스의 자살을 이해합니다. 그러면서 자살을 삶에 대한 강력한 도전이자 의사소통의 한 방법이라고 생각해요. 물론 이 부분은 소설 속의 극적 장치라고 생각합니다. 마지막 부분에 클라리사 댈러웨이는 셉티머스가 '삶을 견딜 수 없게 만드는 힘으로부터 자신을 지키기 위한 마지막 수단으로 죽음을 선택하고 이를 계기로 영혼의 자유와 독립성을 획득했다.'고 말합니다. 만난 적 없는 한 청년의 죽음 소식을 듣고 이렇게 생각하기가 어려울텐데 소설에서 이 두 사람은 '더블'이니까 가능한 것 같습니다.

더 비극적인 것은 실제로 울프 자신도 자살로 삶을 마감했어요. 버지니아 울프는 1941년 3월 런던을 떠나 남편 레너드와 살던 뭉크하우스 근처 우즈 강으로 사라졌어요. 20여 일 후에 먼 곳에서 시신으로 발견되었죠. 남편이 유대인이었고, 전쟁의 공포, 소설을 쓸 수 없는 상황, 정신적인 안정을 취할 수 없는 상황 등이 울프를 힘들게 했고, 그녀는 먹을 수도 없었고, 잠을 잘 수도 없었고, 환각에 시달렸다고 합니다. 더 이상 레너드에게 짐이 될 수 없다고 생각했던 것도 같아요. 울프가 마지막에 입고 있었던 코트 주머니에는 돌멩이들이 들어 있었다고 해요. 울프는 수영을 잘 했는데, 목숨이 위태로운 순간 본능적으로 살려는 욕구가 나올까봐 코트 주머니에 돌멩이를 넣고 강 속으로 들어갔을 거라고 해요.

런던 걷기

이렇게 생을 마감하기 전까지 울프는 글을 쓰다 막히면 집 주위를 산책하곤 했어요. 『댈러웨이 부인』 속에도 걷는 장면이 유난히 많아요. 거기다 이 소설은 런던 걷기로 아주 유명한 작품이예요. 한때 울프의 연인이었던 비타 색빌 웨스트는 울프에게 이렇게 편지를 보내기도 했어요. "『댈러웨이 부인』이 내게 영원히 남긴 것은 다시는 런던에 가지 않아도 된다는 것입니다. 왜냐하면 6월의 런던 전부가 당신의 소설 첫 20여 장에 있기 때문입니다."라고요. 울프는 1920년 대 6월의 런던 고급 주택가인 웨스트민스터를 비롯하여 런던의 상업지구인 본드 스트리트, 옥스퍼드가, 도심 속 녹지 세인트제임스 파크, 리젠트 파크, 트라팔가 광장 및 버킹검 궁과 웨스트민스터 사원, 세인트 폴 성당에 이르기까지 런던의 웨스트엔드거리의 모습과 소리, 느낌을 손에 잡힐 듯이 그려내고 있어요.(김영주, 「근대성과 런던의 지형학: 버지니아 울프의 『댈러웨이 부인』」) 클라리사의 딸인 엘리자베스가 걷는 플리트 스트리트, 스트랜드 거리도 나옵니다.

울프는 자신이 태어난 켄싱턴 거리를 비롯하여 어린 시절부터 런던의 거리들이 익숙했어요. 어머니가 사망하기 전까지 매년 여름 휴가지인 콘월의 탤런드 하우스에서 행복한 시간을 보낼 때도 매일 산책을 나갔어요. 『등대로』를 쓸 때도 산책을 하는데 문득 소설을 어떻게 써야겠다는 여러 생각들이 떠올랐다고 합니다. 걷기가 울프에게는 창작의 시작이 되기도 하고, 소설 속 인물에게는 자아 탐색 혹은 존재를 들여다보기, 자기 생각을 들여다보는 방법이 되는 거죠. 거리를 걷는 것은 자아를 확장하는 장치이기도 하죠. 부산하게 움직이는 런던 거리에서 댈러웨이 부인이라는 사회적 역할은 지워지고 자신에 대해 자유롭게 생각할 수 있게 되거든요. 실제 울프도 몽크하우스 주변을 걸으면서 자신이 집필 중인 소설 속 문장을 큰 소리로 말하면서 문장의 리듬을 느끼곤 했답니다.

울프의 『댈러웨이 부인』은 얼핏 복잡해 보여도 클라리사와 셉티머스를 중심으로 차근차근 읽다보면 다양한 삶의 순간이 어우러진 인생 이야기임을 알 수 있어요. 파티가 끝나갈 무렵 인생에서 자기만의 목소리가 만들어질 나이에 있는 클라리사의 친구인 피터와 샐리가 하는 말은 인생의 한 면을 요약해준다고나 할까요. 파티 끝 무렵 피터는 '인생은 그리 간단하지 않은 것같다.'고 말해요. 이 말에 대해 샐리는 '우리 모두는 자신이 갇힌 감방의 벽을 긁어대는 수인과 비슷하다.'고 답하죠.

버지니아 울프의 소설을 읽는다는 것은 어렵다고 말하지만, 한 번쯤은 간단하지 않은 인생을 울프는 어떻게 펼쳐내고 있는지 직접 경험해보는 것도 좋겠습니다.

‣ 함께 읽으면 좋을 책들 ————————————

· 버지니아 울프, 『출항』, 솔출판사, 2019

　　　　　　『등대로』, 민음사, 2014

　　　　　　『올랜도』, 열린책들, 2020

　　　　　　『자기만의 방』, 펭귄클래식코리아, 2010

　　　　　　『파도』, 솔출판사, 2019

　　　　　　『울프 일기』, 솔출판사, 2019

　　　　　　『지난날의 스케치』, 민음사, 2019

· 이언 매큐언, 『토요일』, 문학동네, 2013

상대방의 신발을 신고 걸어보기

하퍼 리, 『앵무새 죽이기』

작은 마을에서

여기 미국 남부의 아주 작은 마을이 하나 있습니다. 이 마을에는 편견과 차별이 있어요. 그 편견은 정직하고 무해한 사람을 죽음에 이르게 합니다. 하퍼 리의 『앵무새 죽이기』는 작은 마을의 어린 여자아이가 어른들의 세계에서 일어나는 편견과 그 편견에 맞서는 용기를 관찰하면서 성장하는 이야기입니다. '편견'과 '정의'라는 단어를 거의 사용하지 않지만 마을에서 일어나는 일들을 그대로 전달하면서 '무엇이 옳은가'를 생각하게 합니다. 주제는 무거울 수 있지만, 소녀 주위에서 일어나는 작은 마을의 이야기가 재미있고, 몇 개의 굵직한 사건들은 소설 읽기를 계속하게 합니다.

소설이 주는 재미는 어린 화자의 역할이 크다고 볼 수 있습니다. 하퍼 리가 처음 완성한 소설에서는 성인이 된 화자가 이야기를 들려주는 형태였습니다. 하지만 출판사의 제의로 지금처럼 어린이 화자로 바꾸었어요. 어른이 아니라 어린이의 시선으로 보여주기 때문에 사회에서 쌓은 편견의 그늘이 없고, 남부 사회를 객관적으로 보여줍니다. 소설의 어린 화자인 스캇 핀치는 자신이 살고 있는 마을에서 일어나는 일을 이해할 수 없는 나이이기 때문에 마을에서 일어나는 이야기에 해석을 덧붙이지 않고, 있는 그대로 보여줍니다. 아이가 자신이 경험하고 관찰하고 들은 이야기들을 모아서 보여주기만 하는데도 신기하게 감동이 있고, 묵직한 주제가 드러납니다.

소설 속 아이들은 미국 남부 작은 마을에 살죠. 놀이 장난감이 없어 상상력을 발휘해서 놀이를 합니다. 직접 뭔가를 고안하고 만들어 놉니다. 책을 읽은 후 그 내용을 실제 마당에서 현실화시켜 놀기도 합니다. 타잔놀이를 하거나 전투 흉내를 내면서 노는 아이들은 도시의 아이들과는 많이 달랐을 겁니다. 이 아이들은 시간이 아주 많았고, 주위를 돌아다니거나 살펴볼 시간이 많아서 자신들이 보는 것은 다 흡수할 수 있었어요. 거기다 작은 마을이라 이웃집의 모든 것을 알았고, 궁금한 게 있으면 모두 알고 싶어했죠.

또 다른 작은 마을 이야기

제가 자란 마을은 『앵무새 죽이기』의 마을처럼 서로서로 잘 알 뿐만 아니라 각 집안의 내력까지도 알고 있는 우리나라 남부의 작은 마을이었어요. 특별한 사건이 일어나지 않고 일상이 조용한 작은 마을이었죠. 그러던 어느 날 조용하던 마을 몇 집이 발칵 뒤집히는 사건이 벌어졌어요. 그중 저희 집도 있었죠. 사건의 주인공들은 다행히 산꼭대기 묘지 옆에서 무사히 발견되어 그 사건은 하루만에 끝나버렸죠.

사건의 주인공은 저희 집 셋째였어요. 가족들에게는 조용한 아이로 보였지만, 사실은 조용하게 모험을 꿈꾸고 실천하는 행동가였어요. 『15소년 표류기』나 『허클베리 핀의 모험』을 읽으면서 배를 만들어 띄워보려고도 하고, 동네 언덕에 땅을 파고 집을 짓기도 했어요. 이 집은 거지집으로 오해되어 당장 해체하라는 마을 전체의 명령이 떨어지기도 했죠.

이 동생이 꾸민 일 중 하나가 온 동네를 놀래켰죠. 동생이 초등 6학년 때였어요. 동생은 어느 날 비밀 작전을 수행하기로 친구들과 계획을 짭니다. 그날은 친구 모두 부모님께 야단을 맞아 기분이 좋지 않았고, 그렇다면 우리도 독립적인 아이들이고 뭔가 할 수 있음을 보여주자고 머리를 맞댔죠. 우선 독립자금을 마련하기 위해 하루에 100원씩 모으기를 했어요. 일주일 후 500원이 모였고, 이 돈으로 라면을 사고 비밀 계획을 실천하기로 한 날이 왔습니다. 일명 '가출로 우리의 독립심을 증명하자' 작전이었죠.

마지막으로 동생은 독립선언과 가출을 알리는 편지를 여러 통 작성하여 친구들에게 나눠주며 각자의 집에 남겨두고 오라는 조언도 해주었어요. 드디어 작전 수행의 날이 되었고, 마루에서 밥을 먹고 계시던 엄마의 눈을 피해 몰래 부엌으로 들어가 작은 냄비와 수저를 챙겨 윗옷 속으로 넣었어요. "또 뭐하노?" 엄마가 소리를 치시자 깜짝 놀라 냅다 대문으로 뛰었는데 뱃속에서는 수저 부딪히는 소리가 났지요.

아이들의 목적지는 동네의 뒷산이었답니다. 뒷산이라지만 꼭대기까지는 한 시간 이상이 걸리고, 인적도 별로 없고, 드문드문 묘지도 있는 그곳은 잠을 자기에는 용기가 필요한 곳이었죠. 감기약을 먹고 있던 친구는 보온병을 챙겼고, 가출 길에도 숙제는 해야 한다며 책 몇 권을 챙겨 길을 떠났죠. 페트병이 없던 시절이라 산길을 한 걸음 오를 때마다 냄비에 담은 물은 찰랑찰랑 한 방울씩 머리 위로 흘러내렸습니다. 꼭대기에다다르자 물은 반밖에 남지 않았고, 텐트를 설치해본 적이 없어 끙끙대야 했습니다.

산꼭대기에서 해는 빨리 저물었습니다. 반밖에 남지 않은 냄비 물로 짠 라면을 끓여 먹었죠. 이른 저녁을 먹은 데다 먼 산 길을 걸어 올라오느라 피곤했던 소녀들은 좁은 텐트 속에 다리를 접고 일렬로 나란히 누웠습니다. 이름 모를 산짐승 소리와 풀벌레 소리가 들리고 주위가 깜깜해 겁이 났지만 한번 더 독립 실행의 굳은 마음을 다독이며 스르르 잠이 들었답니다. 잠결에 발을 뻗으면 텐트 밖으로 나가버려서 이슬 젖은 축축한 땅에 닿기도 했죠. 그럴 때면 흠칫 놀라 잠이 깼답니다. 멀리서 어렴풋하게 자신들의 이름을 부르는 소리가 들려왔지만, 동생은 자신의 독립 의지를 다지며 자고 있는 친구들을 깨우지 않았대요. 아이들은 깜깜한 밤 산꼭대기 비좁은 텐트 안에서도 곤하게 자고 있었다는 군요.

그러던 순간 갑자기, 펄럭! 갑자기 누군가 텐트를 들어올렸고, 아이들의 독립계획은 막을 내렸습니다.

아이들이 없어지자 걱정스러운 가족들은 아이들을 찾기 위해 분주히 움직였습니다. 이 전설 속에 저는 딱 한 번 등장합니다. 당시 고1이였던 저는 제 책상 위에 놓인 동생의 편지를 발견하고 부모님께 알리는 역할이었죠. (그 와중에 동생은 큰언니 책상 위에 편지를 둬야지 가장 빨리 발견될 거라는 계산을 했다는군요.) 편지는 급히 부모님께 전달되고, 아이들이 산길로 올라가는 걸 봤다는 제보가 이어졌고 부모님들은 사라진 아이들을 찾아 산을 헤매신 거죠. 온갖 잔소리를 들으며 집으로 무사히 돌아온 다음날 동생에게는 외출금지 명령이 내려졌습니다. 용감하고 창의적인 동생은 외출금지 명령이 내려진 삼엄한 분위기를 뚫고 몰래 집을 나가 친구들과 만나서 남은 먹거리와 독립 출자금을 공평하게 나누고 다시 집으로 돌아왔어요. 동생의 치밀하고 원대했던 독립의 꿈은 이렇게 막을 내리고 동생은 조용히 다음 꿈을 꾸었을 거예요.

왜 '앵무새 죽이기'지?

하퍼 리의 『앵무새 죽이기』는 꼭 이런 작은 마을에서 일어나는 이야기를 담고 있습니다. 스캇이 여섯 살일 때부터 아홉 살까지 미국 남부의 작은 읍 메이콤에서 일어나는 일들입니다. 스캇의 시선으로 잔잔하게 전달하는 소설 내용은 낯선 제목과 달리 재미있습니다. 여기서는 작가 하퍼 리와 소설 속 화자인 스캇, 스캇의 오빠 젬, 친구 딜, 아버지 애티커스 핀치, 그리고 옆 집의 외로운 청년 부 래들리, 억울한 흑인 톰 로빈슨 재판을 중심으로 이야기를 이어가 보겠습니다.

'성경 다음으로 가장 많이 읽은 소설', '60년간 미국 고교 필독서', '전 세계 4천만 부 이상 팔린 베스트셀러!'『앵무새 죽이기』와 함께 하는 수식어입니다. 하퍼 리는『앵무새 죽이기』의 유명세에 비해 언론 인터뷰도 거의 하지 않고 고향 마을에서 조용히 살았어요.『앵무새 죽이기』의 인세 수입이 많았는데 기부도 하고 그랬어요.

하퍼 리의 고향은 미국 깊숙한 남부인 앨라배마주의 먼로빌이었어요. 그곳에서 성장하던 당시 하퍼 리의 친척, 친구들이 실제로『앵무새 죽이기』소설 속에 반영됩니다. 딜도 실제, 고모도 실제, 마을 사람도 실제와 비슷하다고 합니다. 자신의 어린 시절 마을의 모습과 사건을 잘 관찰하고, 그 모습을 소설에 담은 듯합니다. 소설 속 메이콤 마을은 하퍼 리가 열 살이던 1936년의 먼로빌과 닮은 점이 많습니다. 그리고 하퍼 리의 아버지는 변호사였는데, 아버지가 실제 맡았던 흑인 관련 사건도 톰 로빈슨 사건의 원형이 되었다고 합니다.

하퍼 리는 어릴 때 소설의 화자인 스캇처럼 선머슴이었고, 학습능력은 뛰어나지만 학교를 그다지 좋아하지 않았다고 합니다. 그리고 소설 속의 딜은 실제 트루먼 카포티가 원형이에요. 트루먼 카포티는 실제로 어린 시절 부모님 이혼으로 방학이면 하퍼 리 마을에서 생활하곤 했다고 합니다. 하퍼 리의 아버지가 선물한 타자기로 소설의 써서 당대 뉴욕 사교계의 유명인사가 되었다고 합니다. 트루먼 카포티가 누구냐면 오드리 헵번 주연 영화『티파니에서의 아침을』의 원작 소설을 쓴 작가입니다. 카포티는 우울했던 유년기를 보냈지만 재능을 발판 삼아 극적 성공을 이룬 작가였죠. 60년대 책을 팔아 백만장자가 된 대중 스타 작가였거든요. 인생 후반부는 알코올과 마약 중독으로 행복하진 못했다고 합니다. 소설을 읽어보면 스캇과 젬과 딜의 시선으로 보는 마을 모습이 있어 소설이 더 풍부해지거든요. 딜이 맡고 있는 역할도 비중이 있으니까 하퍼 리를 이야기할 때는 트루먼 카포티도 같이 언급된답니다. 한때 영혼의 친구였거든요.

『앵무새 죽이기』라는 제목이 인상적이죠. 이 앵무새는 소설 속에서 상징적인 의미를 가진답니다. 우선 제목의 앵무새는 우리가 흔히 떠올리는 그 앵무새가 아니고 미국 남부 지역에 흔한 지빠귀새의 일종이에요. 우리나라에 처음 번역될 당시『앵무새 죽이기』로 소개되었고, 이 제목이 친숙하다 보니 계속 이 제목으로 출간되고 있을 거예요. 이 새는 인간들을 위해 온 마음을 다해 노래할 뿐 인간들의 창고에 둥지를 짓거나 곡식을 쪼아 먹거나 하는 해를 끼치지 않고 즐거운 노래만 들려주는 전혀 해를 주지 않는 새로 묘사되고 있어요. 그래서 그런 새를 죽이는 건 죄라는 의미입니다.

소설의 중심 주제는 미국 남부 사회의 흑인에 대한 차별입니다. 이 차별은 흑인에 대한 백인의 오래된 편견에서 비롯됩니다. '흑인은 부도덕하다', '흑인은 백인과는 다르다', '흑인은 위험하다'와 같은 편견은 흑인들이 아프리카에서 강제로 팔려 와 미국 남부 목화 농장의 노예였던 시절부터 시작되었습니다. 남북전쟁에서 북부가 승리하면서 노예제도가 폐지되었지만, 미국 남부에서는 그 후로도 흑인과 백인의 분리정책법을 통해 흑인 차별은 지속되었습니다. 이 오랜 차별과 백인 마음속에 자리잡은 편견이 『앵무새 죽이기』에서 전개되는 것입니다.

견고한 흑인 차별 문제에 균열이 일어나다

『앵무새 죽이기』가 출간된 1960년은 미국 흑인 인권 운동사에서 중요한 해였습니다. 이 시기를 전후로 실제 미국에서는 흑인 시민권 운동이 열매를 맺으려던 때였거든요. 이 시기의 흑인 시민권 운동의 흐름과 미국 전체가 겪고 있던 경제적 어려움을 살펴보면 소설 속 미국 남부 사회를 이해하는 데 도움이 됩니다. 물론 소설 속에 흑인 관련 사건 재판의 터무니없음에 대해서도 조금 이해할 수 있습니다.

소설 중간에 이웃의 모디 아줌마가 공정한 재판은 백인뿐만 아니라 누구에게나 적용되어야 한다고 믿는 몇몇 사람들이 마을에 있다고 말하는 장면이 나옵니다. 이 말 속의 '몇몇의 사람들의 움직임'이 모여 큰 물결을 이루고, 그 물결이 흑인의 시민권 획득이라는 결과로 이어지려는 그때 『앵무새 죽이기』가 출간된 거죠.

1954년 미국 대법원은 흑백 분리 교육은 위헌이며, 분리 교육 자체가 불공정하다는 판결을 내렸습니다. 이 판결은 오랫동안 뿌리 박힌 흑인 학생과 백인 학생을 분리 교육하는 제도가 헌법에 위배됨을 밝히면서 미국 전역에 영향을 줍니다. 사건은 1951년 린다라는 흑인 여자아이의 아버지로부터 시작되었습니다. 린다의 아버지는 여덟 살인 딸을 집에서 가까운 초등학교에 입학시키려고 했어요. 하지만 학교 측은 유색 인종이라는 이유로 입학을 거절합니다. 그 학교에는 백인만 다니고 있었거든요. 올리버는 시 교육위원회를 상대로 소송을 제기했고 승소했어요.

그리고 1955년엔 앨라배마주 몽고메리에서 흑인 여성 로자 파크스가 시작한 버스 승차 거부 투쟁이 남부 전역으로 점점 퍼져갔어요. 1960년에 『앵무새 죽이기』 소설이 출간되었고, 1963년에는 마틴 루터 킹 목사가 '나에게는 꿈이 있습니다'라는 유명 연설을 합니다. 이런 실제 역사적인 흐름은 『앵무새 죽이기』에 나타나 있는 흑인에 대한 견고한 편견에도 조금씩 균열이 일어나고 있다는 사실과 연관 지어 생각해볼 수 있습니다. 실제 이 소설이 사회적 흐름을 바꾼 것은 아니겠지만, 그런 변화가 실제 남부 사회에 반영이 되고 있었고, 그런 모습을 하퍼 리가 담았을 겁니다.

편견과 배척의 공간

소설의 실제 시대적 배경은 1930년대 미국 남부입니다. 1930년대 미국은 대공황 이후 경제적으로 어려운 시기였고, 백인 중산층의 일자리가 부족해 전통적으로 흑인이 가졌던 일자리까지 백인이 하려고 하는 어려운 상황이었어요. 백인들은 '흑인들은 목화밭으로 돌아가라.'고 외치며 인종 간 갈등이 심화되고 있었죠. 소설 속에서도 경제적으로 힘든 상황들이 묘사되어 있습니다. 버밍햄에서는 연좌농성 파업을 하고, 식량 배급 줄이 점점 길어졌고, 시골 사람들은 날이 갈수록 점점 더 못 살게 되었다는 부분이 나오거든요.

이 소설의 구조를 살펴보려면 소설의 첫 문장을 보아야 합니다. 소설은 스캇의 오빠인 젬의 팔이 부러진 때가 열세 살 무렵이었다는 내용으로 시작합니다. 사실 이 내용은 소설의 마지막 부분에서 벌어지는 사건의 결과예요. 그 이야기는 소설 마지막에 나오죠. 그런데 작가가 그 사건의 결과인 '젬 오빠의 팔이 부러진 사건'을 가장 처음에 제시하고 있어요. 그리고 이어서 여러 가지 이야기를 이어갑니다. 이 여러 이야기들은 마지막 사건을 이해하기 위한 배경이 되는 셈입니다. 이 소설은 톺아보기 좋은 부분이 많지만, 편견과 차별, 공정함을 중심으로 살펴보도록 할게요.

우선 이 소설은 공간적 배경 자체가 편견과 배척이라는 주제와 연결됩니다. 우선 소설의 무대인 메이콤 마을은 앨라배마주의 외딴 곳에 있습니다. 자연스레 외지인의 왕래가 많지 않았죠. 그래서 마을은 백 년이 지나도록 변화가 거의 없습니다. 거기다 외지인 유입이 많지 않으니 마을 사람들은 동성동본끼리 결혼하여 서로 닮아 보일 정도입니다. 이렇다 보니 메이콤은 새로운 사상이 전달되는 속도가 느리고, 외부의 가치관이 쉽게 접근하지 못하죠. 한번 형성된 집단의 가치관은 오랜 시간 동안 끈끈하게 마을 사람들의 내부에 자리합니다.

고립된 공간은 그 속에 살고 있는 구성원의 고립과 외로움, 소통의 단절로 이어집니다. 부 래들리는 지난 15년 동안 마을에 모습을 드러내지 않는 인물입니다. 모습은 보이지 않지만, 소설이 진행될수록 큰 역할을 하는 인물이죠. 그의 집은 마을 끝자락에 위치합니다. 래들리의 집은 일요일에도 평일에도 굳게 닫혀 있어요. 그 집 자체와 닫힌 문은 래들리의 외로움을 그대로 나타냅니다.

소설 처음 부분에 아이들이 부 래들리에 호기심을 보이며, 계속 부 래들리를 만나고 싶어합니다. 마을에 떠도는 소문이 사실인지 확인하고 싶은 거였어요. 부 래들리는 만날 수도 없고, 말을 들을 수도 없는 인물입니다. 하지만, 소설 곳곳에서 그가 몰래 보여주는 호의는 따뜻합니다. 부 래들리는 소설 내내 말을 하지 않습니다. 대신 몰래 몇 개의 선물과 도움을 주는 인물로 나옵니다.

흑인 마을은 더 고립된 곳에 위치합니다. 흑인 거주지역은 읍내 남쪽 경계 밖에 위치합니다. 흑인은 백인 마을을 지나거나 백인의 집에서 일하는 매순간마다 차별과 편견과 모욕을 온 몸으로 느꼈을 겁니다. 미국 남부 지역은 흑백 분리 정책에 의해 오랫동안 공적인 생활 속에서 흑인과 백인의 분리가 법에 의해 고착화되어 있었거든요. 흑인 교회 이름은 퍼스트 퍼처스 교회였는데 노예 신분에서 해방된 흑인들이 처음 번 돈으로 구입했기 때문이었어요. 일요일에는 흑인들이 예배를 드리고, 평일에는 백인들이 노름하는 장소로 쓰였어요. 소설의 법정 장면에서도 흑인들은 모두 2층 좌석에 앉습니다.

스캇이 이렇게 분리된 흑인들의 동네와 삶을 엿볼 수 있는 통로는 핀치 집에서 집안일을 해주는 캘퍼니아 아줌마입니다. 스캇은 캘퍼니아 아줌마를 통해 흑인 사회를 경험하는 기회를 갖습니다. 스캇은 점차 캘퍼니아 아줌아의 친구가 되고 싶었고, 아줌마가 어떻게 사는지, 아줌마의 친구는 누구인지 알고 싶었죠. 하지만 백인 여자아이가 흑인 마을을 방문하는 일은 쉽게 허락되는 일이 아니었죠. 마치 달의 반대편을 보는 것처럼 어려웠을 거예요. 그래도 캘퍼니아 아줌마를 통해 흑인 교회도 가보고 아줌마의 말을 들으면서 아이들은 어른들과 달리 흑인에 대한 편견을 갖지 않습니다.

그 사람의 신발을 신고 걸어보기

애티커스 핀치 변호사는 이야기를 전해주는 스캇의 아버지이면서 톰 로빈슨의 변론을 맡는 변호사입니다. 소설에서 아주 중요한 역할을 하는 인물입니다. 애티커스 핀치는 백인 변호사이지만, 마을 사람들의 흑인에 대한 편견 때문에 흑인의 무죄를 유죄로 인정해선 안 된다고 주장하는 인물입니다. 용기 있는 사람이라고 할 수 있죠. 그리고 '상대방의 신발을 신고 걸어보며' 상대방을 공감하고 이해하기를 실천하는 인물입니다. 가치관이 다르고 심지어 자신을 비난하기도 하는 이웃에 대해 애티커스 핀치가 보여주는 태도는 정말 인상 깊습니다. 애티커스 핀치가 하는 말들은 편견에 치우치지 않고 상황에 대해 능동적으로 사고한다는 것을 보여줍니다.

법원은 톰 로빈슨을 변호하도록 애티커스 핀치를 임명합니다. 변호를 자원한 게 아니었죠. 하지만 톰 로빈슨 사건을 맡게 되어 애티커스와 아이들은 마을에서 힘든 시간을 보냅니다. 애티커스가 그동안 흑인을 변론해온 변호사들과는 다른 모습을 보여주려고 했기 때문입니다. 애티커스가 흑인 톰 로빈슨을 진심으로 변호하려 했기 때문에 온 마을의 비난을 받습니다. 이런 상황에서도 애티커스는 다수의 편견이 아니라 자신의 양심에 따라 변론을 하려고 합니다.

애티커스 핀치는 옳다고 생각하는 일을 하지 않을 때 스스로에게 부끄러움을 느끼는 품위를 지닌 사람입니다. 애티커스는 불가능하리라 예상하면서도 진실을 알리기 위해 최선을 다합니다. 애티커스는 모든 사람을 평등하게 대하려 애쓰고, 많은 사람들에게 욕을 먹는다고 해도 그것이 모욕이라고 여기지 않습니다. 그리고 수백 년 동안 변화가 없었다고 해서 시작도 하지 않는 것은 옳지 않다는 믿음을 가지고 있습니다.

애티커스가 마지막 변론에서 강조하는 말은 편견에 갇힌 백인들의 마음을 흔들 정도로 강력합니다. 애티커스는 최종 변론에서 백인은 흑인에 대해 사실이 아닌 가정을 오랫동안 가져왔다고 말합니다. 백인 여성 주위에 흑인이 있으면 위험하고, 흑인은 원래 부도덕하다는 가정을 한다고 일침을 가하는 장면은 법정에 앉은 모든 백인의 마음에 울림을 줍니다. 그래서 평상시 흑인 재판과는 달리 배심원들은 평결을 내리는 데 오랜 시간이 걸립니다. 애티커스의 변론이 백인 배심원들에게 영향을 준 거죠. 애티커스의 변론은 과연 톰 로빈슨에 대한 판결이 어떻게 내려질지 궁금증을 자아내게 합니다.

부 래들리와 재판 장면 외에도 꼭 읽어보면 좋은 재미난 부분들이 많습니다. 스캇이 학교에 간 첫날 만난 21세의 캐럴라인 선생님 이야기 부분에서는 그 시절 메이콤 마을이 얼마나 가난한지 알 수 있어요. 스캇이 글자를 읽을 수 있다는 사실과 관련된 이야기도 재미있습니다. 그리고 뒷집에 사는 듀보스 할머니 이야기, 너무 가난해서 신발을 신지 못하고 맨발로 다녀서 십이지장충에 걸린 월터 커닝햄 이야기, 학교에서도 가장 지저분한 유얼 집안 아이들 이야기, 무엇보다 가장 마지막 부분에 핼러윈 행사가 끝나고 스캇과 젬에게 일어난 사건 부분은 꼭 읽어보시길 추천합니다. 그래야 소설의 주제가 완성되거든요.

작가가 『앵무새 죽이기』에서 전달하려는 가장 큰 주제는 그 사람이 되어 그 사람을 온전히 이해하고 공감하기라고 할 수 있어요. 흑인 차별 문제뿐만 아니라 우리 각자의 마음속에는 여러 모양의 편견들이 들어 있을 겁니다. 무엇이 진실이고 사실인지 생각해 보지 않은 채 그저 오래전부터 사실처럼 굳어진 것들이죠. 소설 중에 애티커스는 '형용사를 몽땅 빼버리면 사실만 남는다'는 말을 합니다. 진실과 사실만 남겨두고 사고하기란 무척 어려울 수 있습니다. 하지만 적어도 편견이나 왜곡된 사실로 인하여 무해한 사람을 해치는 일이 있어서는 안 된다는 생각을 하게 됩니다.

끝으로 『앵무새 죽이기』를 읽으면서 우연히 보게 된 신문기사를 공유하면서 마무리하겠습니다. 2020년 8월 29일 백인 여성 강간 누명을 쓰고 44년 복역한 미국 흑인 남성 로니 롱이 출소했다는 기사였어요. 이 남성은 1976년 당시 백인 여성을 강간하고 강도를 저질렀다는 혐의로 유죄 판결을 받아 종신형에 처해졌습니다. 당시 재판의 배심원은 모두 백인이었다고 합니다. 경찰이 무죄를 증명할 증거를 의도적으로 숨긴 사실이 밝혀지면서 누명을 벗었다고 합니다. 이 기사는 우리 안의 편견이 여전히 작동하고 있다는 사실에 대한 증명인 거죠.

▸ **함께 읽으면 좋을 책들**

· 하퍼 리, 『파수꾼』, 열린책들, 2015
· 캐스린 스토킷, 『헬프』, 문학동네, 2011

마거릿 애트우드, 『시녀 이야기』

익숙함이 두려움으로 바뀔 때

넷플릭스의 인기 영화나 드라마 제목 중 '홈'이나 '하우스'가 유독 눈에 띕니다. '집'이나 '가정'은 익숙하고 안전한 공간이라고 여기죠. 하지만 내용은 인간이 괴물로 변한다든지, 가정의 구성원들이 자신의 욕망에 끌려 살인에 가담하거나 음모를 꾸밉니다. 익숙한 공간인 집의 안과 밖으로 불쑥 괴물이 침입합니다. 낯익은 현관으로 괴물이 공격을 해오기도 합니다. 아파트 1층 익숙한 로비에 커다란 괴물이 출현합니다. 매일 만나던 경비 아저씨는 제초기를 든 괴물이 되어 내가 매일 타고 다니던 엘리베이터에서 내립니다. 익숙한 집 어딘가에서 불쑥 끔찍한 괴물과 마주친다는 상상만 해도 공포스럽습니다. 집 안에서도 더 이상 안전할 수 없고, '홈'이나 '하우스'

에서 디스토피아가 펼쳐집니다. 타인을 위한 박애의 인간성이 드러나기도 하지만, 비인간적인 행동들이 이어집니다. 희망이 어디에 있는지 찾을 수 없다는 점이 가장 두렵습니다.

캐나다 작가 마거릿 애트우드도 어느 날 갑자기 새로운 체제 속으로 끌려온 한 여성의 경험을 펼쳐 보여줍니다. 애트우드의 소설 『시녀 이야기』의 내용입니다. 이 소설은 드라마로 제작되었는데, 빨간 드레스가 인상적입니다. 나아가 여긴 분명 미래의 허구 세계임을 알고 있지만, 곳곳에 드러나는 모습은 현재를 살아가고 있는 우리 모습, 특히 여성의 삶과 비슷한 부분이 너무 많아 놀라게 됩니다. 잔잔하게 흘러가는 스토리지만, 내용은 통제, 강제, 폭력, 처형, 비밀이 주를 이룹니다. 소설을 구성하는 소재는 모두 우리에게 친숙한 여성의 몸, 출산, 장보기와 같은 집안일, 가정, 사랑 등이지만, 이 모든 소재들의 의미가 조금씩 비틀려 있습니다. 애트우드는 친숙하지 않은 세상 속에 친숙한 소재들을 잘 배치하여 여성의 삶에 대한 주제를 독특한 방법으로 드러냅니다.

'유토피아'의 의미는 '어디에도 존재하지 않는 곳'입니다. 유토피아는 인간이 살기에 가장 바람직한 정부 형태, 경제 체제, 사회 체제가 완벽하게 갖춰진 곳이라고 하죠. 유토피아를 만난다면 이런 곳이 정말 존재할까라는 의문을 가질 듯합니다. '디스토피아'를 만나도 똑같은 질문을 할 것 같습니다. '이런 곳이 정말 존재한다는 거야?' 질문에 사용한 단어는 같지만 의미는 다릅니다. 유토피아는 너무나 완벽하므로 믿을 수 없고, 디스토피아는 끔찍하므로 실재하거나 존재 가능성을 알기만 해도 두려운 세상이죠.

애트우드가 그린 디스토피아

올더스 헉슬리의 『멋진 신세계』나 조지 오웰의 『1984』가 대표적인 디스토피아 소설이죠. 미래에 이런 세계가 정말 존재한다면 어떨지를 상상하게 만드는 허구죠. 그런데 이 허구의 세상이 순전히 허구만은 아닙니다. 그래서 더 두렵죠. 디스토피아 소설을 구성하는 모든 소재들은 인류 역사에서 한 번쯤 경험했거나 현재 일어나고 있는 일들일 수 있습니다. 낯설지 않은 일들이 낯선 세계에서 일어나는 거죠. 자세히 들여다보면 그 속에는 낯선 세계를 작동시키는 하나의 거대한 나쁜 체제가 있습니다. 사람들은 그 체제가 만든 디스토피아에서 살아가는 거죠. 디스토피아 소설은 현재 정부나 권력의 잘못된 점이나 비인간적인 모습에 대해 경고합니다. 디스토피아를 그리는 이유가 바로 이거랍니다.

　애트우드가 1985년 발표한『시녀 이야기』는 여성들이 등장하는 미래 디스토피아를 그립니다. '시녀'라는 단어가 담고 있는 이미지가 번뜩 떠오르죠. 소설 속 '시녀'가 담당하는 임무는 특별합니다. 자신의 몸에 권리를 행사할 수 없는 존재들이거든요. 시녀들은 우리가 부지불식간 누리는 모든 자유가 통제되어 있습니다.『시녀 이야기』는 특정되지 않은 미래 시대에 '길리어드'라는 전체주의 공화국에서 가임기 여성들이 '시녀'가 되어 대리모로 훈련 받고, 불임으로 자녀가 없는 최고 통치자 집에 배치를 받습니다. 제목 형식뿐 아니라 여성의 목소리를 들려주는 방식이 영문학의 고전인 초서의『캔터베리 이야기』와 비슷합니다.

　애트우드의 소설 몇 편은 드라마로 제작되었어요. 스토리가 가진 매력 덕분일 거예요. 하지만 애트우드가 사용하는 문장의 매력은 직접 소설을 읽어보아야 맛을 알 수 있습니다. 애트우드 소설은 남성 중심의 가부장적인 사회를 비판하는 주제도 있고, 여성의 섭식 장애를 다룬 이야기도 있고 '여성'을 다룬 주제가 많습니다. 단편 소설을 엮은『도덕적 혼란』은 다양한 연령대 여성의 이야기를 잘 묘사하고 있어요. 여성 작가가 세밀하게 그리는 여성의 이야기여서인지 다른 나라 여성 이야기지만 공감되는 부분이 아주 많습니다.

애트우드는 1939년 캐나다 오타와에서 출생했어요. 특별한 점은 11세까지 정규교육을 받지 않았다는 거예요. 어린시절 애트우드는 곤충학자인 아버지를 따라 이동하면서 숲과 책에 푹 빠져 생활했다고 합니다. 1961년 토론토대학 빅토리아 칼리지에서 학위를 받고, 이어 하버드대학교에서 문학 석사과정을 마쳤습니다. 이 시기에 시를 창작했어요. 다양한 작품활동을 했고, 대학에서 문학을 가르치기도 했어요. 애트우드는 매년 노벨 문학상 후보에 오르는 작가입니다. 또 다른 캐나다 작가인 앨리스 먼로는 이미 노벨 문학상을 수상했죠. 앨리스 먼로와 마거릿 애트우드 모두 여성의 삶에 대한 묘사가 뛰어난 작가이지만, 두 작가의 빛깔은 무척 다릅니다. 이번에는 애트우드의 세계로 한발짝 들어가 보겠습니다.

시녀는 누구인가?

『시녀 이야기』속 주인공은 별안간 모든 것을 빼앗깁니다. 가족, 일, 재산, 이름, 집 모든 것들이 갑자기 자신으로부터 분리되어 더 이상 소유할 수 없게 됩니다. 사랑하는 딸과 남편을 빼앗기고, 도서관 사서였던 일자리를 잃고, 통장 출금은 금지되었고, 어머니와 친구를 만날 수 없습니다. 소설 구조는 이 주인공이 길리어드라는 공화국에서 경험하는 삶과 이전의 빼앗긴 삶을 교차해서 보여줍니다. 시녀로 살아가도 기억 속에는 자유로웠던 과거 삶이 남아 있습니다. 이 기억은 현재 삶과 대비되어 현재를 버티는 힘이 되기도 하지만, 이 기억으로 인해 더 고통스럽기도 합니다.

길리어드 공화국은 미지의 땅에 세워진 국가가 아닙니다. 우리가 알고 있는 지리적 위치에 세워졌어요. 『시녀 이야기』의 길리어드 공화국은 지리적으로는 미국의 워싱턴 D.C. 지역이지만, 전쟁과 환경 오염으로 인한 혼란을 틈타 쿠데타 세력이 정권을 잡으면서 탄생했습니다. 출생률 감소로 인한 위기를 막기 위해 가임기 여성을 강제 동원해서 필요한 가정에 '배급'하는 끔찍한 국가죠. 이 쿠데타 정권이 가장 먼저 한 일은 모든 여성들의 은행 거래를 정지시키고, 직장과 가정에 들이닥쳐 체포한 것입니다. 재혼과 혼외 정사 관계를 간음으로 규정하여 여성 배우자를 체포했죠. 이들이 도덕적으로 부적절하다는 이유로 그녀들이 기르던 아이들을 강제로 빼앗아 수단과 방법을 가리지 않고 자식 없는 고위층 부부에게 입양시키기도 했어요. 『시녀 이야기』의 주인공은 시녀로 징집된 최초의 여성들 중 한 사람입니다. 이 시녀들은 이름과 가족을 빼앗긴 채 국가를 위한 출산 의무에 동원됩니다.

애트우드는 『시녀 이야기』의 속편인 『증언들』에 대해 '우리가 살고 있는 이 세상에서 느낀 것을 토대로 썼다.'고 말한 적이 있습니다. 『시녀 이야기』가 미래 여성의 디스토피아를 다루지만, 이야기의 기본은 실제 인간 사회에서 볼 수 있는 것들이고, 사용하는 용어도 거의 일치합니다. 우선 애트우드의 인터뷰에 의하면 여성의 출산 권리를 통제하는 이야기는 60년대 말 루마니아 독재 정권이 시행했던 인구 증가 정책에서 아이디어를 얻었다고 합니다. 루마니아 독재자 차우세스쿠는 권력을 손에 쥔 후 원대한 계획을 세웠죠. 당시 루마니아는 산업화가 늦고, 2차 세계대전으로 출산율이 낮았어요. 이 독재자는 인구 성장이 경제 성장을 가져온다는 도그마를 믿었죠. 독재정부는 출산강제법을 발표합니다. 정부는 낙태를 불법으로 규정하여 낙태를 금지하고, 가임기 여성은 4명 이상의 아이를 출산하도록 법을 정했습니다. 출생률은 곧 2배로 증가했지만, 출산을 계속할 수 없는 상황 속의 여성들은 불법 낙태를 선택하기도 했고, 이러한 행위는 개인의 재앙으로 이어졌죠.

자녀가 없는 사람들은 세금을 더 내야 하기도 했어요. 1980년대에 이르러 금지된 콘돔과 피임약은 비밀리에 고가에 거래되기도 했습니다. 설상가상으로 루마니아 경제는 나아지지 않았고, 출산한 아이를 키울 형편이 되지 않는 여성들은 자신들의 아이를 버렸고, 고아들의 숫자가 증가했어요. 고아원의 아이들은 정서적·신체적으로 상태가 악화되었고, 이런 여러 문제로 인해 독재정권은 계속해서 존속하기 어려웠습니다.

길리어드 공화국은 허구의 세계지만 통치의 정신적 기반이 기독신앙이라는 점은 놀랍습니다. 공화국은 성경을 왜곡하여 통치와 세뇌 수단으로 사용합니다. 나아가 성서의 구절을 빌려 여성 억압을 정당화하려고 합니다. 구약 성서에서 야곱은 두 명의 아내 라헬과 레아를 두죠. 라헬이 아이를 낳지 못하자 야곱에게 자기의 시녀에게 아이를 갖게 하여 그 아이를 자기 아이로 삼겠다고 사정하는 이야기가 나옵니다. 그래서 길리어드 최고 권력자 사령관은 '야곱의 아들들'이라 칭합니다.

이름없는 '시녀들'에 대한 통제

길리어드 공화국에 대해 조금 더 설명해보겠습니다. 길리어드의 체제를 이해하면 주인공의 이야기를 더 쉽게 따라갈 수 있거든요. 이 공화국에는 여성 계급과 남성 계급이 뚜렷하게 구분됩니다. 남성의 경우 사령관이 최고 권력자라고 했었죠. 길리어드 공화국은 전체주의 기반의 감시 사회이므로 일반인을 감시하고 관리하는 '수호자'와 비밀경찰인 '눈'이 있습니다. 군인이 늘 일상 속에 상주하는 세상이라고 보면 됩니다. 여성의 경우 사령관의 아내가 있고, 대리모 역할을 하는 '시녀', 낮은 계급의 '이코노부인들', 시녀들을 교육하고 감시하는 '아주머니'들이 있습니다. 출산의 효용성이 없는 여성은 '비여성'이라고 부르고, 치명적인 독극물을 뒤집어쓰며 노동력을 제공해야만 합니다.

길리어드 공화국을 유지하기 위해서 공포와 규율에 대한 세뇌가 필수입니다. 공화국 주변부에는 배신자를 처형하여 걸어두는 '장벽'이 있습니다. 배신자들의 경우 강간의 죄를 뒤집어쓰고, 시녀들이 직접 폭력으로 처단하는 경우도 있습니다. 이들은 처형 후 장벽에 인형처럼 걸리게 됩니다. 정육점에 걸린 고기들처럼 장벽에 내걸린 채로 '순응'과 '억압'을 위한 공포의 본보기가 됩니다.

인구 재생산 실패는 주로 낙태, 사산, 유산, 독극물 때문입니다. 사회의 재생산을 위해 인공 수정, 불임 클리닉, 대리모

등의 방법이 시도되었죠. 그중 길리어드는 앞의 두 가지 방식은 불경하다며 금지했습니다. 세 번째 방식인 '대리모' 방식이 성경의 전례를 따르는 것으로 간주하여 합법화했어요. 그래서 임신 가능한 여성들을 강제로 '레드센터'에 입소시키고, 규율을 세뇌하고 훈련시킵니다. 시녀들은 불임 가정에 배치되고, 임신을 하게 되면 그 집에서 머무르고, 임신이 되지 않으면 세 번의 기회를 가지고, 다른 집에 배치되고, 이 세 번의 기회에서 실패하면 '콜로니'로 추방당합니다. 시녀들은 자신의 권리를 주장할 수 없으며, 오직 사령관의 '자산'이 되어 출산의 의무만을 지닌 존재가 되어야 합니다. 번식을 위한 수단이자 전략일 뿐입니다.

시녀들은 이름을 가지지 않습니다. 길리어드 공화국 탄생 전 사회에서 이름을 가진 특정 존재였다고 해도 그 이름은 금지됩니다. 시녀들의 호칭은 사령관의 이름을 따서 '~의 (시녀)'라는 형식으로 불릴 뿐입니다. 소설 주인공의 호칭은 그녀가 배치된 집의 사령관 이름을 따서 '오브프레드'라고 불립니다. 정체성을 드러내는 이름은 소유할 수 없습니다. 오직 누구의 소유인지만을 드러냅니다. 주인공 오브프레드는 이름을 잃었지만, 이름의 기억을 보물처럼 간직하고 있다고 말합니다. 하지만 결코 밖으로 드러내서 표현하지 못하죠. 아득한 과거로부터 지금까지 살아남은 '부적 같은 마력'을 지닌 그녀의 예전 이름은 결코 불리지 못합니다.

공화국에서는 '아주머니'라는 계급이 시녀들을 통제합니다. 출산을 비롯하여 여타 목적으로 여성들을 통제하는 최고의 방법이면서 가장 저렴한 방법이라고 믿기 때문이죠. 우선 아주머니라는 용어가 친숙합니다. 아주머니들은 전통적 가치를 신봉하며, 하찮은 권력을 움켜쥐려는 욕망을 가지고 있어요. 공화국에서는 자식이 없거나 불임인 경우 '콜로니'로 보내져야 하지만, 아주머니로 봉사할 경우 하찮은 권력이나마 움켜쥐고 행사할 수 있거든요. 오브프레드가 기억하는 공화국 이전의 삶에서는 여성들이 연대하는 네트워크가 형성되어 있었죠. 하지만, 공화국에서 여성들은 서로 통제하거나 감시합니다. 사령관의 부인은 시녀들을 감시하고, 아주머니들도 시녀들을 통제하죠. 시녀들끼리도 서로를 조심해야 합니다.

시녀들은 물론 자신이 입을 옷도 선택할 수 없습니다. 시녀들은 빨간 드레스를 입고 머리에는 흰색 보닛을 써야 합니다. 드레스와 보닛은 얼굴과 몸을 완벽하게 가리는 역할도 합니다. 흰색 보닛은 작가 애트우드가 어린 시절 자주 봤던 유명

청소 세제 깡통 표면에 그려진 여자의 이미지에서 따왔다고 합니다. 한 여자가 열심히 청소를 하고 있고, 흰색 보닛이 그녀의 얼굴을 완전히 덮고 있어 얼굴 없는 여성의 이미지였죠. 어린 애트우드는 이 이미지를 보고 충격을 받았다고 합니다. 시녀들이 입는 이 빨간 드레스는 '해빗'이라고 부릅니다. '벗어던지기 힘든 습관'이란 의미죠. 이 빨간 드레스는 시녀 계급의 상징이면서 동시에 시녀들에 대한 통제, 감시, 억압을 상징합니다. 그들이 이 드레스를 입는 동시에 그들이 가진 존재의 자유와 특별함이 묶여버립니다. 벗어버릴 수 없는 억압이 됩니다.

말할 수 없고, 읽을 수도 없는

시녀들의 억압된 자유를 가장 잘 드러내는 부분은 시녀들이 글을 읽거나 말을 할 수 없다는 점입니다. 이 부분이 가장 공포스럽습니다. 시녀들은 어떤 글자든 읽는다는 것이 금지되어 있습니다. 미국 노예시대의 흑인 노예들도 읽고 쓸 수 없도록 모든 교육이 금지되어 있었다고 하죠. 시녀들은 일상적인 대화는 간단하고 짧게 해야 하며, 사령관이나 사령관의 아내가 묻는 말에는 무조건 긍정의 짧은 대답을 해야 합니다. 절대로 문자를 볼 수 없으며, 당연히 글자를 쓸 수도 없습니다. 읽고 쓸 수 있는 도구가 전혀 없습니다. 모든 권력은 말과 글에서 나오는데, 시녀들은 이 권력 가까이에 갈 수 없습니다. 그녀들은 무지해야만 하며, 공화국이 세운 규율에 따라 말을 할 수 없으며, 글을 쓸 수가 없습니다. 오직 사령관만이 시녀에게는 없는 힘이 있고, 그에게만 말씀이 있으며, 사령관만이 말의 권력을 가집니다. 그리고 사령관이 손에 쥔 펜은 권력을 내포하고 있으며, 펜이 내포하고 있는 글의 권력은 사령관이나 지배층만이 쥘 수 있습니다.

이름없는 존재. 말을 할 수 없는 존재. 펜을 쥘 수 없는 존재인 시녀들은 줄거리가 없는 삶, 의미가 없는 삶, 의미가 지워진 삶을 살아갈 뿐입니다. 존재의 핵심에 있던 무언가를 길리어드 공화국의 규율이 앗아가버렸기 때문이죠. 자아의 핵심을 침범하지 못하도록 감싸고 보호해주는 껍질이 없는 상태입니다. 자기 인생의 줄거리를 말할 수가 없습니다. 자기 몸과 생각이 통제되는 상황에 대해 서로 말을 나누며 연대할 수도 없습니다. 그저 순응하고 적응해야 합니다. 내가 설계할 수 없는 삶을 살아가면서, 나라는 존재는 대리모일 뿐 더 이상 의미가 없는 존재입니다. 4번의 기회 중 한 번이라도 성공해야 하므로 미래 전망이 없는 삶을 견뎌야만 합니다. 오브프레드는 공화국에서 시녀로 살아가는 자신의 존재는 평온하게 살아가는 듯 보이지만, 사실은 천천히 뜨거워지는 솥 안에서 서서히 죽어가는 존재와 같다고 말합니다. 그래서 시녀들 중에는 스스로 목숨을 끊는 경우가 있지만, 그 방법을 선택할 자유도 모두 차단되어 있습니다.

오브프레드도 비밀 저항을 합니다. 오브프레드의 결말은 알 수 없지만, 그녀가 저항했었다는 사실은 소설 끝부분에 나오거든요. 오브프레드는 자신의 경험을 말로 표현하고, 테이프에 기록으로 남깁니다. 하지만 그녀의 말은 힘을 가지지 못합니다. 소설의 마지막 부분은 2195년 '길리어드 연구회'가 『시녀 이야기』에 대한 진실 여부를 입증하는 부분입니다. 오브프레드로 추정되는 시녀가 테이프에 몰래 녹음하여 기록한 내용을 채취하여 진위 여부를 연구하는 거죠. 시녀들의 저항과 표현이 담긴 이 테이프 내용이 우리가 앞에서 읽은 오브프레드의 『시녀 이야기』인 셈입니다.

길리어드 공화국은 과연 멀리 있을까?

애트우드의 『시녀 이야기』에서 가장 무서운 부분은 바로 다음 두 가지입니다. 여성은 출산에 대한 선택의 자유가 없다는 점과 여성은 출산을 위해서만 존재한다는 점입니다. 소설의 내용이 디스토피아를 다루고 있지만, 오브프레드가 과거를 회상하는 장면에서는 우리가 무심코 누리는 일상의 것들이 얼마나 소중한지를 알게 해줍니다. 그리고 디스토피아의 일상들도 순전한 허구가 아니라 실제 세상에서 일어난 적 있는 일들을 재해석했다는 점은 여성의 존재에 관하여 다시 생각해보게 합니다. 시녀들은 씻기고, 솔질하고, 배불리 먹인 포상용 암퇘지처럼 존재합니다. 어마어마한 양의 채워지지 않는 시간 속에서 '아무 내용도 없는 기나긴 괄호들, 하얀 소리로 존재하는 시간'만이 있는 세계에서 살아갑니다. 휴식도 필요했고, 전과 다름없는 일상을 살아가는 것처럼 보이지만 결코 이전의 생활이 가능하지 않은 세계에 살고 있는 거죠. 오브프레드가 반복해서 말하듯이 줄거리가 지워진 삶을 살아가야 하는 거죠. 길리어드 공화국의 시녀들은 소설 속에만 존재할 수도 있고, 실제 지금 어딘가에 존재할 수도 있고, 우리 존재의 한 부분을 구성하고 있을 수도 있습니다.

출산의 자유, 표현의 자유, 계급에 따른 직무의 분류, 모든 가능한 자유에 대한 통제 속에서 펼쳐지는 이야기들을 읽다

보면 별안간 새로운 어두운 세계가 펼쳐질 때 여성들이 무엇을 어떻게 잃어버리는지를 보게 됩니다. 바꾸어 말하면 여성이 가진 것들 중에서 어떤 부분이 쉽게 부서지고, 외부에 의해 통제되는지를 볼 수 있어요. 그래서 소설은 이런 의문을 남깁니다. "길리어드 공화국은 과연 우리에게서 먼 곳에만 존재하는 것일까?"

▶ 함께 읽으면 좋을 책들

· 마거릿 애트우드, 『먹을 수 있는 여자』, 은행나무, 2020

『눈먼 암살자 1, 2』, 민음사, 2017

『도덕적 혼란』, 민음사, 2020

『심장은 마지막 순간에』, 위즈덤하우스, 2018

『증언들』, 황금가지, 2020

· 샬럿 퍼킨스 길먼, 『허랜드』, 궁리, 2020

· 가즈오 이시구로, 『나를 보내지 마』, 민음사 모던 클래식, 2009

차별과 다름을 넘어

너새니얼 호손, 『주홍 글자』

다름의 표지

신체 어느 한 부분에 다른 사람과 구별되는 표지를 달고 살아가는 삶에 대해 상상해보세요.

몸 어디든 다른 사람 눈에 잘 띄는 이런 표지가 있다면 '다름'의 신호가 되겠죠. 낙인, 죄의 표지, 죄책감, 무거움, 다름 등 다양한 의미를 나타낼 수도 있어요. 이 표지로 인해 차별받거나, 때로는 조롱과 멸시를 받을 것 같기도 해요. 어디를 가든 남과 다른 모습은 쉽게 눈에 띄고, 구별되며, 차이로 인해 시선을 받고, 다른 사람이 쉽게 다가올 수 없도록 접근 금지 막이 그 사람 주위로 드리워질 거예요.

19세기 미국의 대표적 작가 너새니얼 호손의 『주홍 글자』는 왼쪽 가슴에 주황색 표지를 달고 갓난아기를 안은 아름다운 한 여성이 형벌대에 오르는 이야기로 시작합니다. 시작이 강렬하죠. 왜 이 여성이 거기에 섰는지도 궁금해집니다. 이어서 호손은 '주홍 글자'의 의미와 이 글자와 연관된 사람들이 어떻게 변화하는지를 보여줍니다. 그리고 우리 인간의 마음 중심에 무엇이 있는지 파고들어 갑니다. 호손의 심리 묘사는 뛰어납니다.

소설 속 '주홍 글자'는 주인공이 죄에 대한 처벌로 받은 표지입니다. 그런데 이 '주홍 글자'는 화려한 주홍색 실로 수놓아져 있습니다. 화려한 죄의 표시. 어울리지 않는 결합이죠. 이 글자 안에 어떤 의미가 있으리라 추측도 됩니다. 호손은 주홍색의 화려한 글자를 중심으로 이야기를 한땀한땀 만들어갑니다. 호손의 문장은 세밀한 묘사로 유명합니다. 죄의 표시로서 '주홍 글자'를 창조해낸 점과 그 글자를 중심으로 인간의 내면을 섬세하게 그려간 부분은 이 소설의 가장 큰 특징입니다.

처음 『주홍 글자』를 읽었을 때는 주인공이 '주홍 글자'를 달게 된 이유와 그녀의 비밀스런 사랑의 상대가 누군인지 관심이 갔어요. 하지만 지금은 '주홍 글자'를 달고 살아가야 하는 주인공의 삶에 대한 태도가 더 눈에 들어옵니다. 그리고, 주인공과 달리 눈에 보이는 '주홍 글자'를 달지는 않았지만 스스로 자기 가슴에 '주홍 글자'를 새겨 넣고 고뇌하는 또 다른 주인 공의 모습에도 관심이 갑니다. 아마도 인간 내면에 대한 호손의 뛰어난 묘사 덕분인 것 같습니다. 호손은 모욕과 조롱의 대상이었던 한 여성이 성장해가는 모습, 인간을 옭아매는 사회 제도, 내면의 죄의식으로 고통을 겪는 인간의 모습을 섬세하게 보여줍니다. 호손이 내면을 그리는 데 뛰어난 작가임을 확인할 수 있어요.

다름과 고립

실제 우리는 꼭 '죄'에 대한 '주홍 글자'뿐만 아니라 '다름'에 대한 '주홍 글자'를 타인에게 달아주고 고립시키기도 하죠. 나와 다르다는 이유로, 내가 속한 집단과는 '다른' 집단에 속해 있어서 상대방에게 '주홍 글자'를 붙이고 차별하기도 하죠. 사회 여러 곳에서 이런 모습을 볼 수 있고, '주홍 글자'를 만들어내고 반응하는 인간의 심리에 대해서도 생각해볼 수 있어요.

초등학교 시절 저희 동네에는 같은 학년이지만 늘 혼자 떨어져 일만 하던 한 동기가 있었어요. 그 아이의 부르튼 손과 입술, 침묵, 한 발자국 떨어져 걷던 모습, 우리와 다르게 늘 농사 일을 하는 모습이 낯설어서 우리와 다르구나 생각되었어요. 그 아이에게는 아무도 말을 걸지 않았고, 원래 그런 아이라고 여기며 오랜 시간을 지냈어요. 그 아이가 무슨 잘못을 저질렀다거나 한 건 아니었어요. 그저 늘 나이에 어울리지 않는 힘든 일을 한다는 점이 달랐어요.

그 아이는 우리와 같은 학년이었지만 나이가 더 많았습니다. 공부를 할 시간이 없으니 자연히 학습 능력이 뒤처져서 특수 학급에서 배웠어요. 학교를 다니긴 했지만, 늘 논이나 마을에서 일하는 모습을 더 자주 볼 수 있었죠. 짧은 머리는 먼지로 덥수룩하고, 겨울이 되면 입술이 추위로 더 트고 부어올라 두꺼워져 영영 말을 잃어버린 모습처럼 보였어요. 가장 인상 깊었던 부분은 그 아이의 까만 손이었어요. 일만 하느라 더 커 보이고 늘 까맸고, 또래의 손이 구슬을 굴리거나 연필을 잡을 때 무거운 수레를 끌어서인지 유난히 더 어른스러운 인상을 주었습니다.

그 아이가 말을 하는 모습은 거의 보지 못했고, 그의 말을 들어주거나 관심을 가지는 사람은 거의 없었고, 어린 나이지만 늘 무거운 짐을 끌거나 묵묵히 일만 했어요. 주위에 사람이 다가서서 정겹게 대화를 나누는 모습은 본 적이 없는 것 같아요. 당연히 웃는 모습도 볼 수 없었죠.

우리가 초등학교를 졸업하고 중학교로 진학할 때 그 아이는 중학교 입학은 하지 않았어요. 고등학생이 되어 저는 그 마을을 떠났고 그의 소식은 더 이상 듣지 못했죠. 아마 그렇게 계속 열심히 일을 하면서 살아갔을 것 같아요. 그렇게 시간이 흘러 제가 결혼을 하고 휴가를 맞아 고향에 내려가 볼링장에 갈 기회가 있었어요. 즐거운 시간을 보내다 문득 옆을 보게 되었는데, 낯선 듯 익숙한 모습이 보였어요. 순간 깜짝 놀랐어요. 그 동기가 여자친구와 함께 볼링을 하고 있었거든요. 그 동기는 볼링을 위한 '완벽한' 옷차림을 갖추고, '완벽한' 운동자세를 취하며, 나란히 늘어선 볼링공을 '완벽하게' 넘어뜨렸어요.

사실 이런 모습에 놀랐다는 사실 그 자체가 어린시절부터 그에게 낯섦, 다름, 분리, 차별이라는 이름표를 저 혼자 붙여두고 생각해왔기 때문이죠. 우연히 그렇게 스쳐간 이후 다시 그에 관한 소식이 들려왔어요. 이륜차를 몰고 가던 그는 자동차 사고가 났고, 그 사고는 죽음으로 이어졌어요. 그 후 사망보험금은 가족에게 지급되어, 새엄마의 아들인 그의 이복동생은 가난한 형편이었지만 형 덕분에 공부를 할 수 있었고, 어려운 국가고시에 합격했다는 소식이 이어졌어요. 앞뒷집에 살며 오랜 시간을 같은 마을에서 자랐지만, 늘 우리와는 다른 낯선 모습으로 일만 하고, 낯선 인상을 남기고, 마지막까지 안타까운 소식으로 전해진 그 동기의 삶이 문득 생각납니다.

고독의 시간

작가 호손은 내성적이고 고독한 작가였습니다. 늦은 나이에 결혼을 한 후 생활을 위해 세관 검사원, 리버풀 영사 등 소설 쓰기와 다른 일을 하기도 했습니다. 『모비딕』의 작가 허먼 멜빌은 이웃에 살면서 호손으로부터 문학적 영향을 많이 받았죠. 그는 '나를 사로잡은 것은 호손의 어둠'이라고 말하기도 했습니다.

'어둠'이란 단어에 눈길이 가죠. 호손은 '인간 내면의 어두운 면'을 잘 묘사하는 작가로 평가받습니다. 호손은 1804년 미국 매사추세츠주의 항구도시 세일럼에서 태어났어요. 선장이었던 아버지는 호손이 네 살이었을 때 열병으로 사망합니다. 그 후 호손의 가족은 가난한 삶을 살았고, 독실한 신앙심을 가지고 어려운 시절을 이어갔어요. 호손은 삼촌의 후원으로 보든대학에 다니면서 글을 쓰기 시작했어요. 이 시기에 알게 된 친구들, 시인 롱펠로, 대통령이 된 피어슨이 호손의 삶에 크고 작은 영향을 줍니다.

호손은 보든대학 시절부터 글을 쓰기 시작했지만, 소설가로서의 명성은 쉽게 오지 않았어요. 1825년 대학 졸업 후 다시 세일럼으로 돌아와 고독한 세월을 보냅니다. 거의 10년을 자신의 2층 방에서 은둔자처럼 지내면서 밤 시간에만 산책을 하고, 어머니나 여동생과도 소통을 거의 하지 않는 '고독의 시간'을 보냈습니다.

이 고독의 시간은 38세에 결혼할 때까지 이어졌어요. 호손은 미국 역사, 특히 청교도 역사와 고향인 세일럼에 관심이 있었어요. 특히 세일럼은 그에게 마음속 우주 같은 곳이었습니다. 이 소재를 중심으로 홀로 있는 시간 속에서 더 벼려진 섬세함이 소설 속에서는 인간 내면에 대한 탁월한 묘사로 이어집니다. 그는 인간의 심리를 통찰하는 힘이 있었고, 그 부분이 그의 소설 속에 어우러져 있습니다.

1849년 45세에 호손은 근무하던 세일럼 세관에서 해임됩니다. 이것을 계기로 글을 쓸 수 있는 물리적 시간이 생겨나 『주홍 글자』를 쓰기 시작합니다. 이 소설을 쓸 당시 호손은 소피아 피바디와 가정을 이루고 랄프 왈도 에머슨의 할아버지가 지은 목사관에서 신혼을 보내고 있었어요. 이 집은 에머슨이『자연』을 완성한 특별한 집이에요. 에머슨은 19세기 미국 초월주의 사상에 큰 영향을 준 사상가죠. 소피아가 원래 초월주의자 모임의 일원이었고, 두 사람 결혼 당시 월든의 작가 소로가 목사관 앞 텃밭을 만들어주기도 하고, 자신이 타던 보트를 이 부부에게 양도하기도 했어요.

이 목사관은 '올드 맨션'이란 이름을 갖고 있어요. 호손은 이 목사관에 대해 짧은 글을 쓰기도 했고, 이곳에서의 시간을 '에덴에서의 행복한 시간'으로 표현하기도 했어요. 지금도 이곳 목사관의 창문에는 소피아의 결혼 다이아몬드 반지로 새긴 호손과 소피아의 낭만적인 글귀가 남아 있어요. "인간의 사건은 신이 의도한 것이다. 소피아. 호손. 1843."(J.D. 매클라치,『걸작의 공간』, 마음산책, 2011, 159쪽) 이렇게요. 호손은 결혼 후에도 형편이 어려웠지만 아내 소피아와의 부부관계는 행복했어요.

1850년『주홍 글자』가 출간되었고, 내용이 음란하고 부패하다는 평이 있었지만, 새로운 형식의 소설을 원하던 대중에게 문학적 관심을 일으키며 초판이 모두 판매되었어요. 변화하는 세대의 요구에 부합하는 소설로 인기를 얻었죠. 당시 독자들은 주인공 헤스터에 대한 연민을 가졌다고 합니다.

호손 가슴의 주홍 글자

호손에게도 스스로 마음에 새긴 일종의 주홍색 '표지(標識)'가 있었습니다. 선조들의 과거가 호손에게 도덕적 부채를 남겼는데 이 역사는 그가 글을 쓰는 데 소재가 되기도 했습니다. 이 이야기는 『주홍 글자』의 서문 역할을 하는 소설 첫장 '세관' 부분에 나와 있어요. 호손의 조상들은 세일럼에 정착한 이후 청교도 신념에 따라 살았어요. 특히 증조할아버지 존 해손은 세일럼 마녀 재판 당시 담당 판사였어요. 호손은 자신의 할아버지가 관련된 이 피의 사건에 대해 죄책감을 가졌고, 이 사건이 내내 호손의 마음을 사로잡았고, 경직된 청교도의 측면에 대해서도 관심을 가졌어요. 세일럼의 마녀 재판은 식민지 매사츠세츠주 세일럼에서 무고한 사람들을 마녀로 몰아 처형시킨 사건입니다. 경직된 종교적 믿음이 집단 광기로 발현되어 무고한 사람들을 죽음으로 몰고 간 사건이죠.

그때 피해자들의 저주가 후대에 영향을 주고, 그때 저지른 죄의 무게감이 자신에게도 이어진다는 생각이 호손의 '주홍 글자'였던 거죠. 물론 호손은 이 죄책감에서 벗어나고 싶은 욕구도 있었어요. 호손의 집안의 성은 원래 해손이었어요. 아버지의 성도 원래는 해손이었지만 보든대학에 다니던 호손이 자신의 성에 알파벳 '더블유'를 추가하여 호손으로 바꿨습니다. 아마 조상들의 그림자로부터 약간 비껴가고 싶은 마음이지 않았을까 생각합니다.

뉴잉글랜드와 청교도 사상은 『주홍 글자』와 연관이 깊습니다. 뉴잉글랜드의 대표적인 정착민은 청교도입니다. 영국에서 대서양을 건너와 미국을 건설한 사람들이죠. 청교도는 영국 국교에서 뻗어 나와 타락한 교회를 바로 세우고, 성경 말씀에 기초하여 살아가려는 기독교의 한 종파였어요. 이 청교도인들이 영국 내에서는 박해가 심하니까 종교의 자유를 찾아 아메리카 대륙의 영국 식민지로 이주했습니다. 그때 '메이플라워'라는 배를 타고, 배 안에서 새롭게 건설할 공동체의 규율과 법을 만들었어요. 이 규율은 새 사회를 위한 순기능도 있었지만, 소설에서 보여지듯이 지나친 종교적 신념이 개인의 삶을 제한하는 면도 볼 수 있어요.

17세기 뉴잉글랜드 청교도 사회는 기독교의 규율을 엄격히 지키고, 검소한 삶을 살면서 욕망에 이끌리는 것을 죄악으로 여겼어요. 특히 성경에서 '간음하지 말라'는 계율을 중요시했고, 남성 중심 사회였기 때문에 '간음'의 죄를 지은 여성은 사형되기도 하던 시대였어요. '간통'이 큰 죄악으로 규정되었던 이유도 그 당시 시대적 특징이었던 거죠. 소설도 이 계율을 어긴 한 여성이 공개 처형대에 선 모습으로 시작하죠.

『주홍 글자』이야기가 본격적으로 펼쳐지기 전에 '세관'이라는 부분이 먼저 나옵니다. 이 부분이 어떤 역할을 하는지 모르고 읽으면 도대체 '주홍 글자' 이야기는 언제 나오는지 초조해질 수 있습니다. 더군다나 호손의 묘사가 약간은 장황하거든요. 호손은 여기에 자신의 이야기를 담고 있어요. 고향 세일럼에 뿌린 조상 이야기로 시작하여 세일럼 세관의 건물 묘사에서 세일럼에서 근무하는 직원들에 대한 스케치로 이어집니다.

이어 호손은 초월주의자들 친구, 브룩 농장, 세관 검사원으로 재직하는 일로 인해 글 쓰는 감수성과 재능이 잠재워질까 봐 우려하는 모습, 소설 스타일 등 여러 가지에 대해 이야기합니다. 자신은 신상에 대해 이야기하기를 좋아하지 않는 사람이라고 밝히며 시작하지만, 아주 자세하게 설명해요.

가장 중요한 것은 바로 뒤에 이어질 '주홍 글자' 이야기가 어떻게 시작되었는지가 이 부분에 나온다는 점입니다. 그래서 지금으로 보자면 아주 길고 긴 '작가의 후기'라고 이해해도 괜찮습니다. 화자는 어느 비 오는 날 낡은 세관 건물 2층에서 우연히 낯선 서류 꾸러미들 사이에서 '주홍 글자'를 발견합니다. 그 주홍 글자를 가슴에 대보는데, 그 순간, 몸이 타는 듯한 열기를 느끼는 경험을 합니다. 그 후 화자는 3년의 검사관 공직에 변화를 맞습니다. 화자가 지지하던 당의 반대당 후보가 대통령 직에 당선되어, 갑작스런 파면을 당하거든요. 이 일을 계기로 종이와 잉크와 펜을 사서 책상으로 돌아가 글쟁이가 된다고 밝힙니다. 그러면서 『주홍 글자』 이야기가 시작됩니다.

변화하는 주홍 글자, 그 다양한 의미

『주홍 글자』의 주제를 그림자, 변화, 대조 이 세 가지로 요약할 수 있습니다. 전체 분위기가 어둡고, 내면의 어두운 면이 그림자처럼 소설 곳곳에 드리워 있어요. 그리고 모든 인물들이 가진 특징들은 한 가지가 아니라 대조적인 면을 한 몸에 지니고 있어요. 그리고 소설 속 모든 인물들은 변화해가는 과정을 거쳐요. 그중에서 헤스터의 성장 과정, 딤스데일 목사의 고뇌, 이 두 사람을 지켜보는 칠링워스, 그리고 세 어른과는 대조적으로 타고난 성정을 그대로 표현하는 자연 그대로의 펄을 중심으로 읽으면 좋습니다. 배경이 17세기 뉴잉글랜드라는 차이점이 있지만, 모든 문학이 그렇듯『주홍 글자』안에도 지금 우리가 읽어낼 수 있는 보편성이 있습니다.

헤스터의 가슴에 매단 '주홍 글자'는 배우자가 아닌 다른 남자와 관계를 맺어 아기를 낳았기 때문에 사회가 준 죄의 표지입니다. 헤스터 자신에게도 치욕의 상징이었죠. 원래 기능은 젊고 순결한 여자들이 그 주홍 글자를 보면서 배우도록 하는 교육 기능이었어요. 초반부에 헤스터가 서게 되는 형벌대는 착한 시민을 길러내는 효과적인 수단으로 작용하고요. 이 시대에는 죄를 지은 사람을 공개 처형대에 오래 세워두고 모욕을 받도록 하는 벌을 주었어요. '죄'의 의미가 지금과 다르고, 형벌 제도도 현대와 많이 다르죠.

헤스터는 영국에서 좋은 집안 태생으로 교육을 잘 받은 여성이었어요. 영국에서 남편과 결혼한 후 헤스터 먼저 뉴잉글랜드로 보내졌고, 남편을 기다렸지만 오지 않았죠. 그러는 동안 다른 남자를 사랑하게 되어 아기를 낳았고, '주홍 글자'를 달게 된 겁니다. 이 '에이(A)' 글자는 영어 단어 '간음, 간통'이라는 단어의 첫 글자에서 따온 겁니다. 사회에서 이 글자가 표시하는 힘은 커서 헤스터는 계속해서 사람들로부터 치욕, 고통, 모욕, 냉소를 받습니다. '주홍 글자'가 헤스터 주위로 '마법의 원'을 그려놓고, 고립시키고 늘 죄를 잊지 않도록 하는 겁니다.

이 소설에서 돋보이는 부분은 이 글자의 의미가 변화한다는 점이에요. 청교도 사회는 헤스터에게 죄의 표시를 주었지만, 이 글자를 가슴에 단 헤스터는 죄를 짓고 사회에서 추방된 존재에만 머물지 않고, 주체적으로 살아가는 여성으로 나오거든요. 사회 모든 구성원들이 그녀에게 보이는 몸짓, 태도, 침묵이 그녀가 추방된 처지임을 드러냈어요. 그리고 공포와 혐오와 경멸의 대상이 되었죠. 헤스터는 청교도 사회가 부여하는 '고통의 맥박'을 끊임없이 느끼며 살아가야 했어요.

하지만 강력한 '주홍 글자'의 낙인에도 불구하고 헤스터는 그 지역을 떠나지 않습니다. 그리고 완전히 사회로부터 매장되지도 않습니다. 이유는 그녀가 가진 재능 덕분이었습니다. 헤스터는 싱글맘인데, 생활고에 시달리지 않아요. 바느질 솜씨가 뛰어났거든요. 청교도 영향으로 사치품을 멀리하는 사회였지만, 헤스터의 작품은 공직의 위엄을 더해주는 필수품으로 여겨졌어요. 헤스터의 작품을 서로 가지려고 해서 생활이 어렵지 않았던 거예요. 나아가 자신의 여웃돈을 가엾은 사람들에게 나누어주기도 합니다. 자비를 베푸는 선행이 모욕당하기도 하지만 선행을 멈추지 않아요.

겉모습만이 진실은 아니다

거기다 주홍 글자가 헤스터에게 새로운 감각을 부여해줍니다. 다른 사람의 가슴에 숨겨진 죄를 직감적으로 알고 공감하는 능력입니다. 헤스터는 처음 이 능력을 알아채고는 공포에 휩싸이죠. 겉이 순결해 보여도 사실은 거짓에 불과하며 진실을 밝혀보면 헤스터의 가슴뿐만 아니라 다른 사람의 가슴에도 주홍 글자가 타오르고 있다는 점을 알았거든요. 이 부분은 이 소설의 대표적인 주제 중 하나라는 생각이 듭니다.

이런 과정에서 헤스터는 죄를 상징하던 모습에서 또 다른 모습으로 변해갑니다. 사회에서는 그녀에 대한 애정이 조금씩 싹틉니다. '주홍 글자'는 그녀가 그동안 행한 수많은 선행의 징표로 바뀌어요. 모든 위험으로부터 안전하게 다닐 수 있는 신성함을 부여해주기도 합니다. 헤스터는 연약해서는 살아남을 수 없으므로 준엄해졌어요. 자신을 죄의 상징으로만 옭아매려는 낡은 편견의 지배 체제를 뒤집어 엎고 재정비할 수 있는 힘을 가지고, 성장해갑니다. 자신의 죄의 표지를 아름답게 수놓는 그녀가 비범해 보이긴 했지만, 소설이 전개될수록 내면의 힘을 지닌 그녀 모습을 만날 수 있습니다.

고정되지 않는 존재

헤스터의 딸인 펄의 존재도 다양한 의미를 가지고 있어요. 우선 '주홍 글자'처럼 펄의 존재 자체가 헤스터가 지은 죄의 상징이죠. 이름이 '진주'인 이유는 자신이 가진 모든 것을 주고 얻은 대단히 값진 존재이면서 헤스터에게는 하나뿐인 보물이기 때문입니다.

그림같이 눈부시게 아름다운 펄의 외적인 모습마저 변화무쌍해요. 펄의 내면생활이 다양하기 때문이라고 설명되어 있어요. '요정'으로 등장했다가 '악마의 씨앗'으로 등장했다가 변화무쌍하게 해석됩니다. 그러면서 헤스터의 모든 것이자 축복인 존재로 자라납니다. 펄은 자기가 태어난 세상과 별 상관이 없는 존재이고, 규칙을 따르지 않고, 법칙을 깨지만, 자신만의 질서를 가진 존재입니다. 사회의 규범으로는 훈육하기는 어렵지만, 내면의 질서로 고유한 힘을 가지고 성장해가는 존재입니다. 펄은 세상에 태어나 엄마의 '주홍 글자'를 가장 먼저 알아보고, 만져보고, 때로는 떼내려는 손짓을 하기도 합니다. 이것은 펄에게는 그 '주홍 글자'가 특별한 죄의 표지가 아니라 엄마가 늘 지닌 화려한 장식품처럼 여겨졌다는 뜻이기도 합니다. 헤스터의 죄라는 것이 사회에서 규정한 것이라는 의미가 될 수도 있고요.

변화의 주제는 또 다른 주인공 딤스데일 목사에게서도 보입니다. 이 젊은 목사가 사회에서 얼마나 존경받는지는 소설에서 자세히 묘사됩니다. 하지만, 딤스데일 목사의 내면의 비밀과 그로 인한 고통은 아무도 알지 못해요. 그를 향한 지역 사회의 존경의 높이가 큰 만큼 이 인물이 가진 내면의 고뇌도 그만큼 강력합니다.

헤스터의 '주홍 글자'는 모든 이에게 공개되어 있지만, 딤스데일 목사는 스스로 가슴에 '주홍 글자'를 새겨 넣습니다. 그의 '주홍 글자'는 아무도 볼 수 없지만 내면에서 강력하게 빛납니다. 딤스데일의 경우 그의 사회적 지위나 종교적 신념과 더해져 자신에게 가하는 형벌은 존재 자체를 시들어가게 만듭니다. 고뇌하는 젊은 목사의 내면 갈등을 호손이 정말 세밀하게 잘 표현하고 있어요.

마음속의 고뇌로 몸이 병들고 말하지 못하는 근심으로 마음이 괴로울수록 성직자로서의 인기는 점점 커져갑니다. 그의 외모에서 나오는 슬픔이 큰 역할을 하죠. 그 당시 목사는 영국에서 뛰어난 학식을 쌓고 신대륙으로 온 존재로 딤스데일 목사의 경우 명성이 나날이 높아졌어요. 이해력과 교리적 지식이 유능하며 성정은 담백하고 무뚝뚝하며, 세속에 관심이 없는 인물로 비치기 때문입니다. 끊임없이 사색하는 지적인 능력을 단련하고, 천국과 영적으로 교류하며, 운명처럼 짊어진 죄악의 고통을 짊어지고 신성의 산봉우리에 오르려는 인물로 여겨졌어요. 설교할 때 그의 웅변력은 많은 사람의 공감대를 형성하고, 숭배하는 마음이 강해졌어요. 딤스데일 목사의 경우 진실을 말하려고 해도 거짓으로 변모되고 진실을 말할 수 없는 처지랍니다. 철야 기도를 하고 무자비한 채찍질을 가하면 할수록 존경의 마음이 커지는 아이러니를 보여줍니다.

죄의 표시에서 유능함으로

소설에서 '죄'와 관련된 주제도 큰 부분을 차지하므로 과연 인간에게 '죄'는 무엇인가에 대해서도 생각해볼 수 있습니다. 소설에서 호손은 칠링워스를 통해 '인간의 성역인 마음을 침범한 죄'를 그립니다. 나아가 가슴에 '에이'자를 달고 살아가는 헤스터가 가장 큰 죄인이 아니라 마음의 성역을 침범한 죄를 큰 죄로 보고 있어요.

로저 칠링워스는 자신이 목사의 신뢰받는 유일한 친구가 되어 목사가 지닌 온갖 두려움, 양심의 가책, 죄책감, 고민, 참회를 털어놓게 할 의도를 가지고 접근했어요. 가슴에 꽁꽁 숨긴 슬픔과 용서를 모두 그에게 털어놓게 하려고 하죠. 이 인물은 고통으로 가득 찬 누군가의 마음을 끊임없이 분석하며 거기서 기쁨을 얻고, 자신이 분석하고 흡족하게 바라본 그 불 같은 고통에 기름을 붓는 데 열중합니다. 목사의 가슴속을 파헤치고 들쑤시고, 생명을 움켜쥐고 매일같이 죽음보다 못한 삶을 살도록 하면서 자신의 복수를 행하는 인물입니다.

소설 속에서 숲의 의미도 다양합니다. 우선 호손 소설에서 숲은 인간 내면의 어두운 면이 발현되는 비밀스런 공간으로 많이 나타납니다. 인간이 하나의 모습만 지니지 않았고, 대립되는 다양한 모습을 가진 존재이며, 특히 겉으로 드러나는 모습과 내면의 모습이 대조적일 수 있음을 호손은 숲이라는 공간 속에서 자주 보여줍니다.

숲에는 인간이 만든 길, 교회, 학교, 행정 체계가 없죠. 인간이 조직한 사회제도가 존재하지 않는 곳이죠. 숲이 아닌 공동체에 살고 있는 사람들은 사회제도에 맞춰 행동하고 살아가죠. 하지만 숲은 원시림처럼 어둡고 광대하고 복잡한 곳으로 나옵니다. 어떤 규칙이나 도덕이 없는 황야로 묘사되어 있어요. 헤스터에게는 숲이 그녀의 지성과 감성의 발상지가 되기도 하고, 여자로서의 성, 젊음, 아름다움이 되살아나는 공간이기도 합니다. 반대로 문명과 품위가 더 편한 목사는 숲에서는 또 다른 모습을 보이기도 합니다. 21세기 숲이 가지는 의미와 많이 다르죠.

숲 속에서 딤스데일을 만난 헤스터는 두 사람이 누릴 수 있는 행복, 베풀 수 있는 선행, 거짓된 삶을 참된 삶으로 바꾸자고 제안하지만, 딤스데일 목사는 자신의 오랜 고뇌에 따라 다른 선택을 합니다. 목사와 칠링워스의 마지막을 꼭 확인해보세요.

마지막에 이르러 헤스터의 '주홍 글자'는 세상의 멸시를 받는 표식이 아니라, 공감과 존경의 상징으로 바뀝니다. 상처 입고, 버림 받고, 시련을 겪고 있고, 아무런 존중도 받지 못하고, 쓸쓸하고 불행한 여성들이 헤스터의 오두막을 찾아와 어떻게 하면 좋을지 조언을 구하기도 합니다. 개인적으로 19세기 작가인 호손이 헤스터라는 여성 인물을 이렇게 결론 내린 부분이 좋았습니다.

호손이 도덕적인 죄에 대한 이야기로 시작했지만, 인간 경험이 어떻게 문화와 공동체 속에서 변화하는지 그 속에서 우리 인간의 심리는 어떻게 변화하는지를 보여준다고 할 수 있어요. 가슴에 새긴 '주홍 글자'가 죄에 대한 단죄에서 능력이나 유능함에 대한 의미로 변화해가는 과정도 흥미롭고요. 그래서 이 소설은 죄의 표시 '주홍 글자'로서 읽어도 좋지만, 자신의 재능을 발휘하여 자기 삶을 개척하는 한 여성에 대한 이야기로 읽어도 좋을 것 같아요. 그리고 누구나 유능을 의미하는 '에이'를 가슴에 달고 있다는 사실을 읽어내면 더 좋습니다.

'주홍 글자'에서 요즘 인기 있는 '강한 언니'의 면을 볼 수 있는 것 같아요. 사회로부터 고립되고 낙인이 찍혔지만, 이에 무릎 꿇지 않고, 자신의 삶을 개척해가는 강한 언니의 모습이 보여요. 나아가 자신의 경험을 바탕으로 자신처럼 고통을 겪는 같은 처지의 동료 여성들에게 조언과 위로를 전해주는 모습은 전형적인 강하고 독립적이고 주체적인 '언니' 모습 같아요. 싱글맘으로 한 아이를 키우면서, 자신의 비밀은 끝까지 지키면서, 내면의 규율에 따라 자신이 가진 능력을 발전시켜서 자기 삶에 빛이 들도록 이끌어가는 언니요.

▸ 함께 읽으면 좋을 책들 ────────────────

· 너새니얼 호손, 『너새니얼 호손 단편선』, 민음사, 1998
『일곱 박공의 집』, 민음사, 2012
· 조지 엘리엇, 『플로스 강의 물방앗간 1, 2』, 민음사, 2007

삶이란 죽음을 향하여 나아가는 행진

윌리엄 포크너, 『내가 죽어 누워 있을 때』

늘 우리 곁에 있지만 놓치는 주제

우리 모두에게는 인지하지는 못해도 늘 가까이에 함께 하는 인생의 주제가 하나 있죠. 바로 '죽음'입니다. '삶을 산다는 것은 자신에게 주어진 시간을 소멸해가는 행위'라고 철학적으로 말하기도 하죠. '삶 속의 죽음'이라는 이 명제가 잘 와 닿으시나요?

포크너의 『내가 죽어 누워 있을 때』는 제목이 특별하죠. 이 작품은 가족과 죽음이라는 주제를 담고 있는 비교적 짧은 소설입니다. 포크너는 이 주제를 미국 남부의 가난한 가족이 겪는 기상천외한 일들을 통해 보여줍니다. 작품을 보면 죽은 이에 대한 슬픔이나 애도는 짧습니다. 오히려 죽은 이를 매장지로 옮겨가는 여정 속에서 생기는 일을 중심으로 이야기가 펼

처집니다. 이 여정에는 온갖 일이 일어나는데, 그 일들이 무엇을 말하려고 하는지 생각해보게 합니다. 그리고 남아 있는 가족들은 매장지인 도시에 가서 이루고 싶은 저마다의 소망을 하나씩 마음속에 갖고 있습니다. 즉 죽음 이후에도 남은 이의 삶은 계속되는 거죠.

영화를 보거나 소설을 읽거나 아니면 뉴스를 보면서 죽음에 대해 짤막하게 떠올려보거나 안타까워할 때가 누구나 있을 거예요. 실제 가까운 사랑하는 사람의 죽음을 경험하고 오래 슬퍼한 경험도 있을 거고요. 제 서랍 깊숙한 곳에는 20년을 훌쩍 넘게 보관된 파스텔 색상 종이로 접은 종이학이 있어요. 고등학교 3학년 때 친구가 멀리 떨어진 도시로 가는 저를 위해 직접 접어 선물해준 소중한 선물입니다.

이 친구는 대학 진학 후 갑자기 신장이 나빠져 오래 입원을 했어요. 고 3때는 미래를 이야기하며 공부도 같이 하고, 긴긴 자율학습 시간에는 몰래 잡담도 나누던 친구였어요. 키가 정말 크고 늘씬해서 다리가 길고, 손가락까지 가늘고 길었죠. 늘 같이 도시락을 먹고, 같이 수험 준비를 하던 그 일 년이 생각납니다. 그 해 여름 대입을 위한 체력장 준비로 넓이뛰기 연습을 할 때 반친구들을 위해 그 기다란 손가락으로 여름 햇볕 아래서 모래를 만지며 모래를 편평하게 정리해주던 친구 모습이 아직 기억납니다. 서로 다른 도시에서 대학을 다녔지만, 편지를 자주 보내주고, 제가 혼자 낯선 도시에서 외로울 까봐 염려해주던 다정다감한 친구였어요.

입원기간이 길어져 병원의 공중전화로 가끔 연락하고 통화하곤 했는데, 몸상태가 나빠져서 점점 눈이 안 보이게 되던 어느 날 친구 언니가 대신 전화를 걸어 친구를 바꿔주었어요. 친구는 전화기 너머 작은 목소리로 "보고 싶어!"라고 말했고, 얼마 지나지 않아 하늘나라로 떠났어요. 엽서 끄트머리에 크게 써서 보내준 '사랑해'라는 말도, '보고 싶어'라는 말도 오래 마음속에 남았지만, 다시는 친구를 볼 수 없게 되었고, 영원히 사라져버렸다는 사실에 20대 초반 나이에 오랜 시간 슬퍼했습니다.

그 당시 친구의 죽음과 관련하여 여러 감정과 생각들을 경험했는데, 그중에 내 친구가 이 세상에서 사라졌는데도 세상은 아무 일 없이 그대로 있다는 사실이 낯설었던 기억도 납니다. 친구의 죽음으로 슬픈 마음이 컸지만, 점점 친구의 부재가 익숙해지고, 친구가 곁에서 사라진 이후 겪었던 충격과 슬픔도 시간이 갈수록 서서히 희미해지고 저는 또 계속 20대를 살아갔고, 그 종이학은 여전히 서랍 한켠에 남아 있죠. 우리가 태어나면 언젠가는 죽음이라는 목적지에 도달하지만, 우리가 살아 있는 동안 그 목적지는 그냥 존재하지 않는 듯 잊혀지고, 눈 앞에 있는 크고 자잘한 일들에 파묻힌 채로 매일을 살아가는 듯합니다.

포크너 소설의 독특함

포크너의 『내가 죽어 누워 있을 때』는 한 가정의 아내이자 엄마인 애디가 죽음을 맞이하고, 그 죽음 이후에 남은 가족들이 애디와의 약속을 지키기 위해 애디의 관을 먼 곳으로 운반하는 과정에서 겪는 일들이 펼쳐집니다. 눈에 띄는 점은 사랑하는 이의 죽음으로 인한 슬픔의 표현은 거의 나오지 않고, 오히려 순간순간 일어나는 상황에 대한 가족들의 대처 방법입니다. 소설의 주요 소재가 엄마가 죽은 후에 일어나는 일들이며, 제목에도 '죽음'이 들어가는 이 소설이 처음부터 평범해 보이지 않죠.

포크너 소설은 읽기 어려운 것으로 유명합니다. 문체가 난해하기도 하고, 소설 구성이 복잡하며, 포크너 소설의 배경으로 자주 나오는 미국 남부의 역사가 무겁고 방대하기 때문입니다. 그래서 1956년 한 인터뷰에서 누군가 포크너에게 '두 세 번 읽어도 도저히 이해하지 못하겠다는 독자들에게 어떤 읽기 방법을 제안하겠느냐.'고 물었죠. 그러자 포크너는 '그럼 네 번 읽어요.'라고 대답했을 정도입니다.

하지만 『내가 죽어 누워 있을 때』는 다른 소설에 비해 길이 가 짧은 편이고, 여러 화자가 등장해서 각각 몇 페이지 분량의 독백으로 구성되기 때문에 비교적 읽기 쉬운 소설로 알려져 있습니다. 물론 이 소설도 미국 소설의 서사 구조에 혁신을 가 져온 소설로 평가받을 정도로 새로운 면이 많긴 합니다. 기법 이 새로운 데다, 소설 곳곳에서 보이는 은유적 표현들이 쉽게 이해되지 않을 때가 있어요. 하지만 죽은 엄마의 관을 싣고 매 장지로 가는 여정 속에서 가족들이 겪는 일들을 읽으면서 오 히려 삶이란 무엇인지 톺아보게 합니다. 포크너가 여성을 어 떻게 그리고 있는지도 살펴보면 좋습니다.

거기다 읽으면 읽을수록 새로운 면이 발견되는 소설이고, 포크너 소설을 접하고 싶은 분들이 처음 읽기에 좋습니다. '아 그래서 포크너 소설이구나.' 하고 경험해보기에 좋은 소설이 죠. '어떻게 이런 일이 일어날 수 있지?'라고 여겨지는 부분들 도 모두 1930년대 가난한 시절이었기 때문에 가능할 수도 있었겠구나 생각할 수 있고요. 무엇보다 1930년대 실험적인 기법의 소설을 능동적으로 읽는 경험은 소설 읽기의 새로운 차원을 열어줍니다. 더불어 소설 곳곳에는 인생에 대해서 짤막하게 묘사하는 시적인 부분들이 '역시나 포크너!' 하고 생각할 수 있을 만한 부분도 많습니다. 독특한 이야기와 시적인 표현들과 실험적인 기법이 돋보이는 흔치 않은 소설이죠.

제목이 독특하고, 여러 명의 화자가 등장하며, 시적인 상징들이 낯설기도 하지만, 스토리는 비교적 이해하기 쉽습니다. 그리고 각 인물들의 내적 독백은 시를 읽는 것처럼 아름다울 때도 있습니다. 화자의 내적 독백의 길이가 대부분 짧기 때문에 연결해서 읽지 않아도 이해하는 데 어렵지 않습니다. 여느 소설들과 다소 다른 부분과 마주치는 순간이 있더라도 그 부분 또한 이 소설만이 가진 특징이므로 당황하지 않고 지나가면 됩니다.

시적이고 아름다운 문체로 빛나다

윌리엄 포크너는 미국 남부의 대표적인 작가입니다. 포크너 소설에는 '요크나파토파'라는 가상의 도시가 있어요. 이름이 생소하죠. 하지만 포크너 소설에 여러 번 나옵니다. 이

가상도시는 미국 남부를 배경으로 한답니다. 포크너 자신이 1897년 미시시피 주 뉴올버니에서 태어나서 옥스퍼드로 이주하여 살았는데, 이 옥스퍼드가 포크너 소설 속 허구적 공간의 기초가 된 겁니다. 그는 '고향의 작은 우표'를 소재로 삼는 것이 작가로서 성공할 수 있는 기회임을 깨달았다고 합니다. 그래서 자신이 자란 도시 옥스퍼드를 '제퍼슨'이라는 고장으로 바꾸고, 라페이엣 군을 상상의 장소 '요크나파토파' 군으로 바꾸어서 소설 속에 담았어요. 『내가 죽어 누워 있을 때』에서도 그곳의 가난한 백인 가족을 다루고 있어요.

포크너는 미시시피대학교에 잠깐 다니다 학교와 지역 신문에 시를 발표했어요. 처음에는 소설이 아니라 시를 먼저 썼던 거죠. 그래서인지 포크너의 문체는 그 어떤 작가보다 시적인 아름다움이 담겨 있습니다. 셔우드 앤더슨이 시인이 되길 열망했던 포크너에게 시보다는 산문에 더 재능이 있을 거라며 소설을 쓰기를 권유했다고 해요.

포크너는 곧 학교를 중퇴하고 뉴욕에서 글쓰기를 시작합니다. 하지만 출판사 편집자들이 관심을 보이지 않았어요. 그래서 다시 옥스퍼드로 돌아와 미시시피대학교 내 우체국 직원으로 일했어요. 그런데 곧 해고됩니다. 우체국 창구 뒤에서 늘

글만 썼거든요. 1926년 첫 소설을 썼고, 1929년에는 포크너에게 많은 일들이 일어났어요. 6월에는 어릴 적 친구 에스텔과 결혼을 했고, 10월에 포크너 대표 소설『소리와 분노』를 출간했거든요.

소설 제목이 지어지기까지

『내가 죽어 누워 있을 때』는 포크너가『소리와 분노』를 집필한 후 바로 쓰기 시작했어요. 그러니까 이 시기는 포크너의 창작 에너지가 최고인 때였던 거죠. 이 소설은 1929년 10월 말에 쓰기 시작하여 그 해 12월 중순에 끝마쳤어요. 쓰는 데 6주 정도 걸린 거예요. 그래서인지 포크너는 "두 손을 등에 묶어놓고도 이러한 작품을 쓸 수 있었다."(김욱동,『윌리엄 포크너: 삶의 비극적 의미』, 서울대학교출판부, 1999, 264쪽)고 말했어요. "원고지 위에 첫 낱말을 쓰는 순간 마지막 낱말이 무엇으로 끝나며 어디에서 마지막 마침표가 찍히게 될지도 미리 알고 있었다."고 고백하기도 했어요.

그리고 이 소설을 쓸 당시 포크너는 결혼 후 생활을 위해 발전소 화부로 일하고 있었어요. 한밤중에 손수레에 석탄을 실어다 보일러에 붓는 일이었어요. 그때 상황에 대해 포크너는 이렇게 말했습니다. "이 세상에서 가장 훌륭한 상태에서, 즉 밤 12시와 새벽 1시쯤 전기 발전기 옆에서 이 작품을 썼습니다. 글을 쓰기에 그 발전기 소리는 이제까지 내가 들어본 소리 가운데에서 가장 멋들어진 소리였어요."(김욱동, 264쪽)라고 말이죠.

『내가 죽어 누워 있을 때』라는 제목은 도대체 어떻게 붙여 졌나 궁금하시죠? 포크너가 말하길 이 제목은 고대 그리스의 시인 호메로스가 쓴 『오디세이』의 한 부분에서 따왔다고 합니다. 『오디세이』11편에 보면 오디세우스가 지하세계로 가는 이야기가 나옵니다. 거기서 아가멤논을 만나요. 아가멤논이 죽었으니 지하세계에 있었던 거겠죠. 그래서 그에게 죽은 이유를 물어봅니다. 아가멤논이 이렇게 대답해요. "내가 죽어 누워 있을 때 그 개 눈을 한 여인은 내게 등을 돌렸고 내가 하데스로 가는데도 손으로 내 눈을 감겨주지 않았소."

제목이 보이시죠? 이 장면에 대해 간단히 부연 설명을 하자면, 아가멤논의 부인이 클리타임네스트라예요. 아가멤논이 딸 이피게니아를 제물로 바치자 부인이 슬퍼합니다. 거기다 남편이 트로이의 공주 카산드라를 첩으로 데리고 귀향을 합니다. 그래서 아가멤논을 죽여서 복수합니다. 이 제목을 소설 내용과 연관시켜 보면 '복수' 부분은 약간 연관이 있기도 해요. 하지만 소설에서는 이런 거대한 복수가 나오지는 않고 '소소한' 복수가 나오는데 읽어보면 공감이 됩니다.

그래서 특별한, 시적인 문장들이 빚어가는 죽음과 삶

『내가 죽어 누워 있을 때』는 한 가족이 만들어가는 열흘 간의 그로테스크한 여행기입니다. 우리 삶과 죽음에 대한 은유를 담고 있는 이야기죠. 작가가 직접 '삶과 죽음은 이런 거랍니다.'라고 말하지 않아요. 하지만 이 한 편의 소설에서 벌어지는 일들을 읽고 나면 한 사람의 생애와 그 죽음 이후 어떤 일들이 벌어지는지를 통해 살아간다는 것과 죽음, 그리고 가족에 대해 생각해보게 됩니다.

소설은 번드런 집안의 아내 애디가 죽자 남편이 아내와의 약속을 지키기 위해 애디의 관을 싣고 40마일 떨어진 매장지 제퍼슨으로 가는 이야기예요. 한 가족이 이 상황에서 다양한 사건들을 마주하면서 갖가지 일들이 전개됩니다. 가족 구성원 모두 각자 저마다의 방식으로 최선을 다하여 끝내 제퍼슨에 도착해 관을 매장하지만, 기이한 일들이 연속적으로 일어나기 때문에 엄마의 죽음을 슬퍼할 겨를이 없습니다.

도대체 애디는 왜 자신의 관을 그 먼 곳까지 가서 묻어달라고 했는지 궁금해지죠. 주인공 애디의 독백은 소설 중간 부분에 딱 한 번만 나옵니다. 하지만 이 독백에는 애디에 관한 중요한 내용이 담겨 있어요. 애디의 복수 이유, 그녀 삶의 비밀, 아이들에 대한 그녀의 생각, 언어의 한계 등에 대해 심오하면서 잘 이해되도록 풀어가고 있거든요. '애디는 죽었잖아! 그런데 어떻게 이런 독백이 가능하지?'라는 의문은 접어두시고 계속 읽어가다 보면 많은 부분이 맞춰지고 이해가 됩니다. 소설에서 보편적으로 볼 수 있는 특징에서 다소 벗어날 때가 있더라도 걱정하지 않아도 된답니다.

　소설 속의 번드런 가족은 남부의 백인 가족입니다. 포크너가 이 소설을 썼던 그 해 미국은 주식이 대폭락하는 대공황이 시작되었어요. 전반적으로 그전부터 가난이 지속되었고, 미시시피 주 델타 지역의 지형 특성상 대홍수가 자주 일어났어요. 이 소설 속의 가족도 정말 가난합니다. 자기 땅 없이 옥수수와 목화 농사를 지어 생계를 이어가요. 집 자체가 아주 낡았고, 짚으로 만든 침대에서 잠을 잡니다. 아들들은 엄마의 임종이 가까웠지만 3달러를 벌기 위해 벌목일을 하러 떠납니다. 돈이 없어 엄마의 관을 직접 짜야 하는 정말 가난한 가족이에요. 그 가난 속에서 죽은 애디가 얼마나 고된 삶을 살았을지 추측할 수도 있습니다.

『내가 죽어 누워 있을 때』를 읽을 때는 실험적인 소설 기법이 두드러집니다. 일반적으로 소설은 1인칭 시점의 화자가 나오거나, 3인칭의 전지적 시점으로 이야기가 전개되잖아요. 하지만 이 소설에는 이야기를 전달하는 화자가 여러 명 등장합니다. 무려 15명의 화자가 등장하고, 그중 번드런 가족 화자는 8명이에요. 번드런 가족 구성원은 애디 다음으로 아버지 앤스, 다섯 아이들인, 캐시, 달, 주얼, 듀이 델, 바더만이 있습니다. 코라와 툴은 이웃에 사는 농부 부부입니다. 그 외 이웃 농부, 의사, 목사, 약사, 종업원 등의 화자가 나옵니다. 이렇게 화자가 많아도 포크너가 친절하게 각 화자가 바뀔 때마다 제목처럼 이번 차례에는 누가 말하는지 달아놓았기 때문에 특별히 헷갈리지는 않아요.

낯선 효과

이야기를 하는 사람은 15명이고, 소설 전체는 59개의 장으로 이루어져 있어요. 어떤 장은 한 문장으로만 이루어지기도 하고, 각 문장 앞에 숫자를 매겨 순서를 나타내는 부분이 나오기도 합니다. 그래서 실험적이라고 이름 붙인 겁니다. 15명이 대부분 내적 독백을 합니다. 독백의 형식은 소설에서는 드문 형식이에요. 그리고 각 인물들이 표현하는 독백의 의미를 생각해볼 필요가 있습니다. 가령 우리가 하나의 사물을 바라볼 때 그 사물에 대한 시각이나 의견이 사람마다 다 다르잖아요. 소설에서도 벌어지는 사건은 하나인데 이 사건을 바라보는 시각이 화자마다 조금씩 다르다 보니 독자가 능동적으로 이해하고 판단해야 하는 영역이 늘어나는 거죠. 하나의 진실을 바라보는 시각과 의견이 다양할 수 있음을 알 수도 있고요. 나아가 '삶의 실체는 파악하기 어렵다.'는 주제로도 이어집니다.

이런 실험적인 부분은 애디 대사 중에 글자 없이 비어 있는 여백으로 나타나기도 하고, 아들이 애디의 관을 짤 때는 관 모양의 도형이 나오기도 합니다. 하지만 이 정도의 실험적인 면이 있더라도 내용을 이해하는 데는 어렵지 않습니다. 오히려 빈 여백이 그 부분의 맥락을 더 효과적으로 전달해주거든요.

그리고 현재시제와 과거시제가 섞여 나오기도 해요. 흔히 소설은 현재 시제보다 과거시제로 많이 표현되어 있죠. 이 소설에서는 '말한다'라는 현재시제도 있고, '말했다'라는 과거시제도 있어요. 굳이 의미를 붙여보자면 포크너가 인터뷰에서

'과거는 없고 현재만 있다.'고 말한 부분과 연관을 지어볼 수도 있어요. 하지만 이 소설은 특히 독자의 주관적인 해석이 필요하므로 왜 현재시제로 표현했을지는 읽어가면서 생각해보기로 해요.

소설 내용도 여느 소설과 다른 특별한 부분이 나와요. 이와 관련해서 특별한 부분은 둘째아들 달 부분에서 나오는데, 달의 독백 부분을 읽을 때 이 인물 많이 독특하구나 하고 느끼실 거예요. 직접 두 눈으로 볼 수 없는 부분을 보고 표현하거든요. 이런 특별한 인물인 달의 독백이 소설에서 가장 많은 부분을 차지한다는 사실도 특별하죠.

그래도 가족입니다

죽음 이후 이 가족들이 겪는 일들과 그 일들에 대한 반응을 보면 번드런 가족은 복잡한 감정으로 얽혀 있는 가족임을 알 수 있어요. 서로를 위하는 가족의 모습과는 다른 부분들이 보이거든요. 그래서 가족의 성인 번드런은 영어 단어의 '짐'과 연결해서 해석하는 사람도 있답니다. 반면 몇 가지 힘든 일에도 불구하고 결국 성공적으로 애디의 '관'을 매장하는 이 가족을 보면 가족이란 서로 내적 · 외적 영향을 줄 수밖에 없는 공동체임을 확인하게 됩니다. 이런 번드런 가족들의 공통 감정 중 하나는 증오와 미움입니다. 미움의 경우 나의 비밀을 다른 가족 구성원이 알고 있다는 사실 때문에 생겨나기도 하고, 부부관계에서 생성되기도 합니다.

애디가 시골 가난한 집안에서 아이를 낳고 기르면서 농사일까지 해야 하는 삶은 많이 고달팠을 거예요. 그래서인지 이 소설에서 애디와 앤스는 삶의 태도와 방식이 다름을 알 수 있어요. 이 부부의 관계는 파국이에요. 소설에서 단 한 번 나오는 애디의 독백 부분에서 앤스에 대한 애디의 마음을 읽을 수 있어요. 애디는 남편인 앤스가 이미 죽은 존재나 다름없다고 말합니다.

애디의 아버지는 어린 애디에게 우리가 살아가는 이유는 죽음을 준비하기 위해서라는 말을 들려줍니다. 이 말은 2013년 제임스 프랭코 감독이 이 소설을 원작으로 만든 영화의 첫 장면에도 나와요. 감독이 이 소설을 오랫동안 좋아했고, 이 말도 좋아했다는군요. 소설 속 애디는 이런 말이 마음에 들지 않았지만, 자신의 비밀을 간직한 채 피가 다른 아이들을 키우면서 점차 이 말을 실감하고 죽음을 맞이합니다. 그래서 독자인 우리는 애디의 비밀이 무엇인지, 피가 다른 아이들이란 무슨 의미인지 읽어가면서 찾을 수 있습니다.

애디와는 다르게 앤스는 게으르고 뻔뻔하고 무능한 가장입니다. 이웃의 눈에도 앤스는 자기 자신 외엔 책임질 수 없는 사람으로 비칩니다. 앤스가 하는 행동 하나 말 하나 모두 어떻게 저럴 수 있을까를 생각하게 하는 인물입니다. 마지막 장면에서 앤스의 결정을 보면 정말 '독살'하고 싶었다던 애디의 심정을 백배 공감할 수 있어요. 이런 남편이 또 있을까 하는 생각이 절로 드는 인물이거든요.

소설의 하이라이트는 역시 결말입니다. 우선 그 하이라이트의 주인공은 남편 앤스입니다. '죽음'이라는 소재가 있어 분명히 어두운 분위기도 있지만, 결말을 보면 또 코미디 같은 부분도 있어요. 포크너의 이런 결말이 인생의 보편성인지 소설 속 앤스의 특징인지 생각해보는 것도 괜찮을 듯합니다.

번드런 가족에게 일어나는 이상한 일들 속에 빠져 읽다 보면 무슨 일이 일어나고 있는 건가 흐름을 놓칠 수 있어요. 이런 순간 번드런 가족이 아닌 외부 화자가 알맞은 때에 등장해 객관적인 해설을 해줍니다. 한여름에 허름한 마차에 탄 한 무리의 가족이 지나갈 때 얼마나 악취가 나는지, 앤스는 얼마나 우둔한지, 애디가 독특한 마을 주민이었다는 사실, 그리고 번드런 가족들에 대한 정보를 하나씩 전달하고 해설도 곁들여 줍니다.

번드런 가족에 대해 가장 많은 정보를 전달해주는 이가 이웃집 코라와 툴 부부입니다. 코라는 이웃에서 볼 수 있는 남의 이야기 잘 하고, 남의 집에 무슨 일이 일어나나 관심 많은 그런 인물입니다. 코라는 소설 첫 부분부터 애디가 얼마나 불쌍한 여자인지 말해주는 역할을 합니다.

우리 삶은 반복되는 피곤한 몸짓

이 소설을 읽을 때는 애디의 죽음에 대해 가족 구성원들이 어떻게 반응하는지 살펴보는 것도 좋아요. 그리고 각자 매장지에 가서 이루고 싶은 소망이 무엇인지도 찾아보세요. 온전히 장례를 위한 행렬이 아니라 죽음에 대한 애도 한켠에는 그와 별개로 읍내에 가면 이루고 싶은 소망들이 각자 마음속에 자리잡고 있거든요. 특히 외동딸 듀이 델의 이야기는 애디가 죽어가는 시점부터 무언가 혼자 고민 중인데 그 부분은 무엇인지, 읍내에서 무엇을 구하려고 하는지 살펴보시기 바라요. 듀이 델의 비밀을 알게 되면 이 소설이 지닌 포크너의 특징을 또 하나 발견하게 됩니다. 포크너 소설에는 듀이 델처럼 미혼의 어린 나이에 임신하는 여성이 자주 등장하거든요.

　매장지로 가는 과정에서 겪는 기괴한 이야기들, 특히 다리를 다친 첫째아들을 어떻게 다루는지도 찾아보세요. '어떻게 이런 일이'라는 생각이 절로 들고, 이웃사람이 번드런 가족을 보며 말이나 노새가 사람보다 더 지각이 있겠다고 하는 말에 공감하게 됩니다.

　결말과 기괴한 이야기들이 독특함을 주기도 하지만, 포크너가 각각의 인물들의 독백을 표현하는 방식도 돋보입니다. 포크너의 표현들이 섬세하고, 시적이고, 상징적이거든요. 번드런 가족들이 독백에서 드러내는 언어 표현들이 아주 뛰어나거든요. 고요한 밤 물을 마실 때의 달콤함이라든지, 모성이라는 단어가 가진 한계라든지, 존재의 핵심을 꿰뚫는 예리한 표현들까지 포크너의 표현들이 가진 아름다움을 확인할 수 있습니다. 간단한 요약으로는 표현이 안 되는 꼭 직접 읽고 음미해야 하는 부분이랍니다.

　『내가 죽어 누워 있을 때』는 소재, 전개되는 이야기, 기법 등 어느 하나 평범한 부분은 없는 소설처럼 보이지만, 결국은 인생의 이야기를 보여주고 있고, 어느 부분에서는 삶의 보편성을 찾을 수도 있을 거예요. 인간의 삶과 죽음에 대해서, 그리고 결국은 살아가야 하는 인생의 길에 대해서도요. 소설에서 죽음에 대해 직접 언급하는 부분이 나오는데 애디를 보러 온 의사가 죽음에 대해 쉬운 비유를 들어 말합니다. 죽음은 집에 세 들어 사는 사람이 집을 나가는 것과 같다고 말이죠. 그래서 이 소설 전체의 이야기도 죽음으로 인한 변화, 죽음으로 인한 이별을 견디는 가족의 다양한 모습들, 영원히 집을 떠난 엄마에 대한 이야기로 읽으면 좋을 듯합니다.

'우리는 언젠가 죽음을 맞이한다.'는 이 사실 속에는 우리가 이 세상에 태어나 삶을 살았다는 전제가 포함되어 있죠. '죽음'을 이야기하다 보면 꼭 '삶'을 이야기해야 하는 이유이기도 하고요. 그래서 이 소설도 '죽음'을 매개로 '삶'을 이야기하고 있고요. 이 소설에서 포크너는 우리 삶은 반복되는 피곤한 몸짓이라고 말하고 있어요. 포크너가 이 소설 안에서 삶이 가진 피로함, 반복성, 불투명성, 폭력성, 운명적인 부분들을 조금씩 보여주고 있는 거라고 생각됩니다.

끝으로 '죽음'과 관련하여 셰익스피어『햄릿』의 한 구절과 포크너 자신이 낙마 사고로 사망하기 전 '죽음'에 관해 언급한 표현을 읽으면서 우리 인간에게 '죽음'은 어떤 의미인지 잠시 음미해보기로 해요. "죽는 것은 잠자는 것—그것뿐이지. 잠으로써 마음의 고통과 육체가 상속받은 수많은 충격을 끝낼 수 있다면 그것이야말로 열렬히 바라는 삶의 완성"이라고 햄릿이 말했고, "그 순간, 찰나, 밤, 어둠, 잠. 그때는 내가 고통스러워하고 힘들어했던 일을 영원히 치워버릴 것이고, 그러면 그 일이 더 이상 나를 괴롭히지 못할 것이다."(J.D. 매클라치, 『걸작의 공간』, 마음산책, 2011, 127쪽)라고 포크너는 말했습니다.

▸ 함께 읽으면 좋을 책들 ─────────

· 윌리엄 포크너, 『소리와 분노』, 문학동네, 2013
『팔월의 빛 1, 2』, 책세상, 2012
『압살롬, 압살롬!』, 민음사, 2021
『헛간, 불태우다』, 민음사, 2021
『곰』, 문학동네, 2013

가즈오 이시구로, 『남아 있는 나날』

돌아보아도 바꿀 수 없다

글자 그대로 '과거를 들여다본다'라는 행위가 일어나는 영화의 한 장면이 있습니다. 이 남자는 지금 낯선 공간에 있습니다. 우주복을 입은 채 공간 속에 떠 있다는 말이 정확하겠습니다. 이 남자 앞에는 셀 수 없이 많은 영상들이 큐브 모양으로 겹쳐져 있습니다. 남자는 그중 한 영상을 들여다봅니다. 자신과 딸이 함께 있는 '과거'의 한 장면입니다. 그리고 혼자 절규합니다. "보내지 마. 아빠한테 가지 말라고 해. 아빠한테 말해, 머피, 가지 말라고 말해." 그때 다른 목소리가 들려옵니다. "그들이 과거를 바꾸라고 우릴 데려온 게 아니야. 내가 날 데려온 거야. 3차원의 세상과 소통하기 위해 5차원의 세상으로 데려온 거라고."

2014년 개봉 후 천만 관객을 모은 영화『인터스텔라』의 한 장면입니다. 남자는 영화의 주인공 쿠퍼이고, 5차원의 공간에 있습니다. 5차원! 가늠하기 어렵습니다. 영화는 이 새로운 차원을 시각적으로 보여줄 뿐입니다. 노벨 물리학상을 받은 킵손이 영화 내용에 대해 자문한 것으로 유명하죠. 5차원 공간을 위해 웜홀이론, 일반상대성이론, 양자역학, 중력장, 다중우주이론이 필요하다고 합니다. 어려운 이론들은 그냥 지나치더라도 5차원 공간에서는 과거 순간이 모두 현재처럼 진행되고 있다는 사실이 흥미롭습니다. 과거를 볼 수 있어도 일어날 일은 일어난다는 점은 더 흥미로웠습니다. 현재에서 과거를 들여다봐도 지난 과거에 대해 개입할 수도 없습니다. 과거 시간 속에서 딸 머피가 아빠를 붙잡으며 가지 말라고 만류하지만 쿠퍼는 뿌리치고 우주여행을 떠납니다. 물론 그 우주여행 덕분에 5차원으로 들어가고, 거기서 딸 머피에게 중력을 이용해 모스부호를 보내고, 그 암호를 바탕으로 위기에 빠진 인류를 다른 행성으로 이주시키는 계획을 성공시킵니다.

과거에 대해서는 '돌아본다'라거나 '후회한다'라는 서술어가 주로 연결됩니다. 보편적 시간 인식은 과거에서 현재로, 다시 미래로 흘러간다고 생각합니다. 우리는 과거로 되돌아가지도 못합니다. 그저 과거를 되돌아보고, 현재는 붙잡기 어려워하며, 미래는 불확실하다 여깁니다. 우리는 태어나는 순간부터 특정 시공간 속에 위치합니다. 그래서 시간 인식은 필연적입니다. 시간은 끊임없이 흘러가고, 인간은 그 속에서 끊임없이 주변과 관계를 맺습니다. 그 관계는 복잡합니다. 지구상의 모든 개개인이 인지하는 2021년의 어느 하루가 모두 다를 수밖에 없습니다. 지나간 시간을 돌아볼 때도 자신만의 기억과 경험을 가지고 다른 속도로 돌아봅니다.

"노란 숲 속에 두 갈래 길이 나 있었습니다. 나는 두 길을 다 가지 못하는 것을 안타깝게 여겼습니다. 그래서 나는 오랫동안 서서 한 길이 굽어진 데까지, 바라다볼 수 있는 데까지 멀리 바라다보았습니다."

미국 시인 로버트 프로스트의 '가지 않은 길'의 첫 부분입니다. 두 갈래 길을 앞에 두고 어느 길로 갈지 안타깝게 멀리 내다보고 있죠. 하지만, 그 선택의 순간이 지나면 다시 내가 지나온 길과 가보지 못한 길을 되돌아봅니다. 후회를 하기도 합니다. 지나온 시간을 돌아보는 복잡한 메커니즘에 대해 헨리

데이비드 소로는 간결하게 말합니다. "후회를 최대한 즐기라. 슬픔을 억누르지 말라. 후회를 보살피고 소중히 여기다 보면 그만의 존재 목적을 가질 때가 올 것이다. 깊이 후회하는 것은 새롭게 살아가는 것과 같다."

인터내셔널한 소설을 쓰는 작가

가즈오 이시구로의 소설 『남아 있는 나날』에서는 스티븐스라는 대저택의 집사가 1인칭 시점으로 자신의 과거를 재구성합니다. 이 재구성 방식에는 숨은 의도가 있습니다. 어떤 내용은 강조하고 어떤 내용은 숨기려 하는 그의 이야기를 듣다 보면 숨겨진 진실이 나옵니다. 흔하지 않은 직업을 가진 인물을 설정하고 진실을 드러내는 이시구로의 방식이 독자를 매혹시킵니다.

우선 작가 가즈오 이시구로를 잠시 살펴보겠습니다. 이시구로는 1954년 일본 나가사키에서 출생했습니다. 그후 다섯 살 때 해양학자인 아버지를 따라 영국으로 이주했어요. 영국 대학에서 철학을 공부했고, 대학원에서 문예창작으로 석사학위를 받았으며, 영국인과 결혼하여 가정을 이루고, 영국인으로 귀화했습니다. 하지만 첫 두 소설의 배경은 일본입니다. 사람들은 이시구로가 영국 작가인지 일본 작가인지 궁금했죠. 그래서 노벨상 수상 기념 강연에서 비슷한 질문을 받았을 때 이시구로는 이렇게 대답했습니다. "일본에 대한 이미지는 상상의 산물입니다. 일본은 강한 정서적인 끈으로 연결되어 있습니다." 영국에서 자라고 교육받은 이시구로는 영국에서 성장하면서 머리 속 상상으로 자신만의 일본을 만들었다고 합니다. 실제 일본에 대해서는 잘 알지 못한다고 밝혔습니다.

이시구로의 특별한 배경이 관심을 끌지만, 그의 작품은 보편성이 더 부각됩니다. 작가 자신도 "나는 인터내셔널한 소설을 쓰는 작가이고 싶다."라고 말했습니다. 이어 "인터내셔널한 소설이란 무엇인가? 그것은 다양한 배경을 가진 세계 전역의 독자들이 모두 공감할 수 있는 삶의 비전이 담긴, 그렇지만 상당히 단순한 소설이라고 나는 믿는다."라고 덧붙였죠. 『남아 있는 나날』의 주인공은 영국에서 주로 볼 수 있는 집사라는 직업을 가진 인물입니다. 하지만 그가 들려주는 과거 이야기는 쉬이 공감됩니다. 소설 끝 장면에서 주인공이 낯선 도시의 공원에 앉아 웃으며 따뜻한 시간을 보내는 사람들을 바라보며 혼자 눈물 짓습니다. 그 순간 주인공의 가슴에 몰아치는 회한이 우리에게도 전해옵니다. 이시구로가 영국 특정 공간의 특정 직업을 가진 인물을 보편적 이야기로 그려내기 때문입니다.

이시구로는 특정 상황 속의 뛰어난 보편적 주제로 2017년 노벨 문학상을 받았습니다. 스웨덴 한림원의 선정이유는 '우리 삶의 비극은 자신이 통제하지 못하는 우연한 사건들을 통해 계속되지만 이시구로 소설 속 인물들은 그 속에서 의미를 만들고 가치를 지키며 살아간다.'였습니다. 사건의 중심에 있는 사람은 자신이 서 있는 상황을 파악하기 어렵습니다. 그 상황이 과거로 물러나야 어렴풋이 그 의미가 보이고 '후회'라는 감정이 작동하기 시작합니다. 후회는 현재에서 과거를 들여다보지만 되돌릴 수 없다는 깨달음에서 생겨납니다.

1989년 출간된 『남아 있는 나날』은 달링턴 홀이라는 잉글랜드 대저택에서 평생 집사 일을 해온 스티븐스 이야기입니다. 스티븐스는 35년 간 달링턴 홀의 집사였습니다. 달링턴 홀은 그에게 하나의 세계였으며, 생활 공간이자 사무실이었습니다. 소설은 1956년 8월을 배경으로 시작합니다. 하지만 주요 이야기는 스티븐스가 1913년부터 1953년까지 달링턴 홀에서 일하던 때의 일들입니다. 스티븐스가 이 과거 이야기들을 어떤 방식과 어떤 순서로 드러내는지가 중요합니다.

우리는 언제 되돌아보는가?

소설 첫 부분에서 스티븐스는 자신이 며칠 동안 여행에 대한 생각에 붙들려 있었음을 드러냅니다. 패러데이 어르신의 포드 자동차를 타고 달링턴 홀을 떠나 혼자 여행을 가게 되었다고 말합니다. 이 부분에 특별한 점은 없습니다. 이어 이번 여행은 패러데이 어르신이 좀 쉬고 오라며 권유해서 가게 되었다고 덧붙입니다. '주인 나리가 권유해서 할 수 없이 떠나긴 하지만 나는 그 여행이 기대된다.'로 해석됩니다. 계속해서 '나는 이런 여행 별로 가고 싶지 않은데 주인 나리가 가라고 하시니까, 거기다 켄턴 양이 카드도 보냈고, 더군다나 우리 달링턴 홀에 인력 보충이 필요하니까 겸사겸사 간다.'는 뜻을 강조합니다.

여기서 '이 사람 왜 자기 여행이 업무의 연장임을 강조하지?'라는 물음표를 붙여봐야 합니다. 스티븐스는 과묵한 인성의 전형적인 잉글랜드인입니다. 스티븐스에게는 직원을 추가하기 위한 업무 연장 여행인데, 미국인 주인은 여자친구를 만나러 가는 여행이라고 이해합니다. 이쯤에 이르면 말수 적고 진지한 늙은 집사의 태도에 웃음이 나기 시작합니다. 그런데 이 부분마저 미국식 유머로 이해해보려고 서툰 노력까지 합니다. 이렇게 스티브스는 처음부터 자신의 본마음은 감추고, 외부 사항이 자신을 움직이고 있음을 강조합니다.

스티브스는 솔즈베리부터 웨이머스까지 6일 간의 자동차 여행을 떠납니다. 혼자 여행은 생애 처음이며, 여행복으로 고급 양복을 차려 입고, 미국인 주인 존 패러데이가 제공하는 포드 자동차를 타고 갑니다. 겉으로 보기에는 나무랄 데 없는 멋진 영국 신사입니다. 여행 이틀 동안은 영국 경치의 뛰어남과 영국 집사의 품위에 대해 장황한 말들을 이어갑니다.

이 여행은 스티브스가 새로운 패턴의 사고를 할 수 있도록 이끕니다. 달링턴 홀을 세상의 전부로 알아온 스티브스는 여행에서 달링턴 홀의 과거와 그 속의 자신의 삶을 다시 바라보는 계기를 가집니다. 달링턴 홀을 벗어남은 스티브스에게 낯섦 속에서 자기 인생을 더 넓게 바라볼 시간을 제공합니다. 심리적 거리 이론이라는 게 있습니다. '시간적, 공간적 거리와 해석 수준이 밀접하게 관련되어 있다.'는 이론이죠. 늘 머무는 장소에서는 눈 앞의 것만을 헤아리게 됩니다. 하지만 평소 가보지 않은 장소를 찾고, 평소 만나지 않은 낯선 사람을 만났을 때 일종의 '환기' 작용이 발생해 그전까지 미처 보지 못했던 부분을 보게 됩니다.

진실은 숨기고 다른 이야기만

　스티븐스가 30년 이상 머물며 일한 달링턴 홀은 그에게 전부였습니다. 이곳을 떠나 낯선 장소로 간다는 사실 자체가 달링턴 홀과 달링턴 경 그리고 그곳에 바친 스티븐스의 시간을 다른 시각으로 볼 수 있게 합니다. 여행지에서 만난 사람들이 달링턴 홀과 달링턴 경에 대한 짧막한 의견을 내놓을 때마다 스티븐스의 진심이 점점 드러납니다. 과장되었던 위대한 가문과 위대한 집사에 대한 숨은 민낯이 드러납니다. 우리는 스티븐스를 따라 여행을 하고, 그 속에서 점점 드러나는 진실을 같이 들여다봅니다. 6일간 6곳의 여행지를 거쳐 가면서 과거 영국의 영화와 달링턴 경을 존경하며 헌신해온 자기 인생의 허상을 조금씩 발견해갑니다.

　스티븐스가 자신의 이야기를 해가는 방식은 '강조'입니다. 집사의 품위, 달링턴 경의 훌륭함, 집사로서 자신의 본분을 강조합니다. 이 태도에는 의도가 감춰져 있습니다. '진실'을 숨기려는 의도입니다. 핵심은 말하지 않고 주변부를 과도하게 드러내는 방식입니다. '자기 기만'이라는 심리학 용어가 있죠. 자기 자신을 속인다는 말입니다. 자기 자신을 속이려는 사람은 우선 하나의 '진실'을 알고 있습니다. 모르는 척할 뿐입니다. 나아가 진실은 숨기고 다른 이야기를 계속 이어가거나 합리화합니다. 우리는 스티븐스가 무엇을 숨기고 있는지 그의 이야기 속에서 발견하면 됩니다. 자기 기만은 의도적으로 이루어지거든요. 자신이 말하는 바를 믿도록 의도적으로 진실을 숨기고 속여갑니다. 하지만 자신의 내면에는 진실에 대한 자각이 존재하고 있습니다. 이시구로가 스티븐스의 과거 진실을 드러내는 방식이 훌륭한데, 일반적인 여행 이야기 속에 슬쩍 과거를 하나씩 엮어가는 솜씨가 뛰어납니다.

지나온 시간을 재구성하는 방식

스티븐스는 의도적으로 과거 기억을 재구성합니다. 많은 사람들은 기억이 카메라처럼 순차적으로 정확하게 작동한다고 여기지만 그렇지 않다죠. 카메라처럼 목격한 사건을 모두 기록하여 원할 때 꺼내는 것이 아니라 우리가 가진 기억은 사실 구성과 재구성의 과정을 거친 '편집된' 것들이라고 합니다. 뇌 속에 기억되어 있는 경험과 정보의 조각들을 모아서 재구성 작업을 거친 것들입니다. 그래서 소설 속 스티븐스가 과거 경험을 재구성하는 방식에 주목해야 합니다. 여행이 시작되자마자 스티븐스가 쏟아내는 영국적인 경치의 위대함에서 영국 집사의 위대함에 이르기까지 스티븐스가 말하는 내용을 그대로 받아들여야 할지 생각해봐야 하죠.

스티븐스의 화법은 그가 하는 말의 진실성을 의심하게 만듭니다. 스티븐스의 말은 모순이 교차합니다. 스티븐스는 달링턴 경이 위대한 나리였음을 믿고 싶어하는 것처럼 보입니다.

스티븐스는 자신이 모셨던 달링턴 경이 도덕적으로 대단한 분이었다고 단언합니다. 하지만 여행지의 낯선 사람이 스티븐스에게 달링턴 경 밑에서 일했는지 물어보자, 자신은 미국 신사 패러데이 어르신에게 고용되어 있다고 말하며 사실을 가립니다. 이런 스티븐스의 모순된 모습은 그가 했던 확신에 찬 말들에 의심을 갖게 합니다. 스티븐스는 집사란 훌륭하게 봉사만 하면 되지 중요한 나랏일에는 관심을 둬서는 안 된다고 강조하기도 합니다. 무슨 이유인지 집사의 임무에 대해 미리 규정해서 알려줍니다.

과거 스티븐스는 달링턴 경을 위해 온몸 바쳐 일하겠노라고 결심한 적이 있습니다. 달링턴 경은 고귀하고 존경할 만한 분이며, 자신의 온 마음을 다해 달링턴 경을 모시겠다고 다짐했었죠. 집사로서 '한 주인을 섬기기로 결심하는 일'은 스티븐스 인생의 최고 가치관이자 목표였습니다.

실패와 후회에 관한 이야기

그런 스티븐스가 시간이 흐르면서 바뀐 태도로 과거를 이야기하기 시작합니다. 후회의 표현이 조금씩 나타납니다. 하지만 스티븐스는 절대 처음부터 후회를 쏟아내지 않습니다. 그저 달링턴 홀에서 개최되고, 국제적인 명사들이 참석한 최대 만찬을 자랑합니다. 자신이 그 만찬을 성공적으로 마무리했을 때 느꼈던 자부심을 말하고, 자신이 얼마나 직무에 충실한 집사였는지 강조할 뿐입니다. 스티븐스가 달링턴 홀에서 일하며 가장 만족감을 느꼈던 일은 1923년 달링턴 홀에서 개최된 회담이었습니다. 이 날은 집사로서 스티븐스에게 잊지 못할 날이었죠. 스티븐스는 이날 자신이 세상의 위대한 중심에 도달했다고 느꼈습니다.

여기서 이야기가 중단된다면 한 나이 든 집사의 성공적인 과거 이야기로만 남게 되고, 소설은 힘을 잃게 되었을 겁니다. 하지만, 결코 이 이야기는 위대한 집사에 관한 이야기가 아닙니다. 오히려 그의 실패, 그의 후회에 관한 이야기입니다. 이시구로가 스티븐스의 기억을 재구성하는 방식을 잘 따라 가다 보면 어느 순간 툭 하고 스티븐스의 눈물이 터지고, 우리도 그제야 진실을 알게 됩니다. 스티븐스를 비난하기보다 공감하게 됩니다. 과거에 대해 후회하더라도 현재 우리가 할 수 있는 것은 없으며, 우리는 오직 앞으로 나아갈 뿐임을 스티븐스와 함께 깨닫습니다.

후회의 가장 큰 요소는 스티븐스가 인간적인 감정을 숨기며 억압하고 인정하지 않으려 했다는 점입니다. 감정 통제는 위대한 집사의 조건입니다. 감정을 통제하는 순간에는 슬픔이나 기쁨을 느끼지 않습니다. 스티븐스는 감정을 숨기기 위해 더욱더 자기가 정한 '의무' 뒤에 숨어버립니다.

자신이 존경하기로 결심했던 달링턴 경의 실체가 드러난 탓도 있지만, 개인적인 감정을 평생 억누르며 살았던 자신의 모습 때문에 스티븐스는 뼈아픈 후회를 합니다. 진실은 가려져 있었던 겁니다. 스티븐스는 자신이 평생을 바쳐 모셔온 달링턴 경의 흠을 드러낸다는 것은 자신의 인생이 의미 없었음을 인정하는 것이기 때문에 드러낼 수 없었던 것입니다. 달링턴 경은 농락당하고 있었죠. 나치들이 달링턴 경을 꼭두각시처럼 조종했어요. 어쩌면 스티븐스는 훌륭하고 숭고한 것들이 추악한 목적을 위한 수단으로 변질되는 과정을 분명 다 보았을 수도 있습니다. 달링턴 경은 히틀러의 방문 초청을 수락하도록 총리를 설득하는 작업을 하고, 자신이 유럽의 지속적인 평화를 위해 노력한다고 믿은 순진한 귀족이었거든요.

나아가려면 솔직해져야 한다

스티븐스는 깨닫습니다. 늦었지만 인정합니다. 인생에서 계속 나아가려면 자기 인생에 솔직해져야 한다는 사실을 말이죠. 솔직하게 자기 삶을 바라보고 인정하려면 용기가 필요합니다. 이런 순간을 맞이한 후에야 비로소 앞으로 나아갈 수 있는 거죠. 스티븐스는 자신이 인생에서 정말 끔찍한 실수를 저질렀다는 사실을 피하지 않고 인정합니다. 자책과 후회의 순간을 거쳐 사람이 과거의 가능성에만 매달려 살 수는 없는 일임을 인지하고 계속 나아갈 수밖에 없다고 깨닫습니다. 현재 그에게 남아 있는 것은 아무것도 없습니다. 아니면 그에게 남아 있는 것은 과거에 대한 회한뿐일 수도 있습니다. 아니면 그에게는 과거는 뒤로하고 앞으로 나아가야 하는 날들만 남아 있는지도 모릅니다.

스티븐스는 달링턴 홀로 돌아가 미국 주인을 위해 농담 연습을 하겠다며 다짐합니다. 시대가 바뀌어 집사의 임무도 바뀐 거라고 인정하는 거죠. 스티븐스는 늘 이렇게 최선을 다했고, 앞으로도 그렇게 최선을 다할 것입니다. 하지만 시간과 노력을 투자해도 위험이 생겨날 수 있는 농담처럼 인생도 그럴 수 있죠. 우리는 스티븐스처럼 과거로 돌아간다고 해도 인생의 흐름을 바꾸지 못하는지도 모릅니다. 그저 순간에 최선을 다한다고 믿을 뿐이죠. 이 깨달음 뒤에도 아이러니는 남습니다. 스티븐스가 열심히 하려는 직무의 대상은 거대한 달링턴 홀 관리, 변절자로 기록될 달링턴 경 섬기기, 때로는 이해 불가능한 농담 잘 하기까지 포함한다는 점이죠. 우리가 생애 매 순간 무엇을 위해서 나의 시간과 역량을 바치는지 생각해보게 됩니다.

아모르파티, 성찰하되 후회는 하지 않길

달링턴 홀의 주인은 새 미국인 주인으로 바뀌었고, 스티븐스는 새로운 상황에 적응하기 위해 농담을 연습하려는 새로운 각오를 다집니다. 『인터스텔라』의 남자 주인공처럼 스티븐스가 자신의 과거의 한 장면으로 돌아간다면 스티븐스도 절규하면서 그렇게 하지 말라고 자신에게 말했을까요? 아마 그러지 않았을 듯합니다. 못했을 것입니다. 스티븐스는 자신이 결심한 대로 최선을 다한 사람입니다. 지나보니 자신이 일했던 그 시기 달링턴 홀에서 진행되던 국제적인 회의들, 달링턴 경의 어리석은 행보들을 스티븐스가 막을 방법은 없었습니다. 스티븐스는 오로지 위대한 집사로서 자신이 설정한 기준에 맞도록 직무를 열심히 수행했을 뿐입니다. 하지만. 시간이 지나 되돌아보니 아버지의 임종도 제대로 지킬 수 없었고, 사랑하는 여인은 그렇게 자신을 오래 바라보았지만 스티븐스는 애써 외면했던 것입니다. 돌아보니 회한이 밀려오고 눈물이 쏟아진 것입니다.

'성찰하되 후회하지 마라.' 철학자 몽테뉴가 들려주는 '어떻게 살 것인가.'에 대한 지혜입니다. 몽테뉴는 '자신이 과거에 한 일 중에는 스스로 생각해도 사리에 맞지 않는 일이 있었다는 것을 알고 있었지만, 그때에는 자신이 지금과는 다른 사람이었다고 생각하고 그대로 내버려두는 것으로 만족했다.'고 합니다. 그는 자신의 과거 모습이 어떤 파티에 모인 사람들의 모습이 각기 다른 것처럼 다양하다고 생각했다고 합니다. 그는 한 방에 모여 있는 지인들에 대해서 어떤 판단도 내리려고 하지 않았고, 그들은 각자 나름대로 자신이 행한 일을 설명할 수 있는 사고력과 관점이 있기 때문이라고 생각했습니다. 이와 마찬가지로 자신이 과거에 보여준 다양한 모습에 대해서 판단을 내리고 싶은 생각이 없었다고 합니다. 몽테뉴는 이렇게 말했다고 합니다. "우리는 모두 한 조각 한 조각 잇대어 만든 조각보와 같아서 일정한 모양도 없고, 구성이 매우 다양해서 한 조각 한 순간마다 각기 나름대로 행동한다."(사라 베이크웰, 『살구 칵테일을 마시는 철학자들』, 이론과실천, 2017, 419쪽) 스티븐스도 아마 그 순간은 자기 나름의 신념에 따라 행동했을 겁니다.

'아모르 파티'라는 단어를 처음 들었을 때 트로트 제목인가 했었죠. 맞더군요. 힘있는 퍼포먼스로 무대와 관객을 사로잡은 여성 트로트 가수가 분홍색 바지를 입고 전자음악 비트에 맞춰 부르는 트로트였어요. 가사는 문학적인 함축성까지 담고 있었어요. "산다는 게 다 그런 거지 누구나 빈손으로 와. 소설 같은 한 편의 얘기들을 세상에 뿌리며 살지. 자신에게 실망하지마. 모든 걸 잘할 순 없어. 오늘보다 더 나은 내일이면 돼. 인생은 지금이야. 아모르 파티"

'아모르 파티'는 '자신의 인생을 있는 그대로 긍정하고 사랑하라.'로 요약되는 독일의 철학자 니체에게서 나온 단어더군요. 후회 또는 회한은 필연적으로 과거시제입니다. 자신이 가진 조건, 자신이 머물렀던 장소, 자신이 지나온 시간들에 대해 회한의 눈물을 흘리는 소설 속 스티븐스에게 '아모르 파티'를 들려준다면 스티븐스는 또 다른 농담이라고 이해했을까요? 우리도 스티븐스처럼 자신이 정한 가치를 따라 열심히 살아가는 한 사람의 '집사'라면 이 말을 한 번쯤 생각해봐도 좋을 듯합니다. 나의 힘으로 바꿀 수 없는 상황, 나에게 주어진 두 갈래 길에 대한 선택권도 없는 상황들 속에서도 계속 앞으로 나아가는 거죠. 진실하고 가치 있는 작은 일에 기여한다면 그것만으로도 충분합니다. 결과가 어떻든 그것만으로 자긍심을 가져도 됩니다. 후회가 있더라도 말이죠.

▶ 함께 읽으면 좋을 책들

· 가즈오 이시구로, 『창백한 언덕 풍경』, 민음사, 2012
　　　　　　　『부유하는 세상의 화가』, 민음사, 2015
　　　　　　　『위로받지 못한 사람들 1, 2』, 민음사, 2011
　　　　　　　『우리가 고아였을 때』, 민음사, 2015
　　　　　　　『녹턴』, 민음사, 2021
　　　　　　　『나를 보내지마』, 민음사, 2021
· 존 윌리엄스, 『스토너』, 알에이치코리아, 2015
· 어니스트 헤밍웨이, 『노인과 바다』, 민음사, 2012

나가는 글

자기만의 방을 찾아 나선 수전,

독립적인 엘리자베스,

삶의 제대로 된 뼈대를 세우려는 브리오니,

창조적 작가 메리 셸리가 창조한 프랑켄슈타인,

댈러웨이 부인의 존재의 순간들,

상대방의 신발을 신고 걷는다는 것이 무엇인지 알아가는 스캇,

줄거리가 없는 삶을 살아야 하는 오브프레드,

다름의 표지를 달고서 묵묵히 인생 길을 걸어가는 헤스터,

애디를 매장하려 먼 길을 떠나는 번드런 가족,

그리고 자신의 살아온 인생에 후회는 있지만 앞으로 나아가야 하는 스티븐스.

그동안 함께 읽은 소설의 주인공들입니다. 문학 작품 속에서 만난 여러 주인공의 이야기는 우리 삶을 비춰주는 거울이라고 할 수 있습니다. 시간과 공간이 다른 삶을 살아가는 허구의 인물들이지만 이 주인공들과 만나면서 우리가 현재 처한 상황을 비춰볼 수 있기 때문입니다. 거울을 들여다보고 조금씩 단단해져도 가끔은 아프고 때로는 불안합니다. 그럼에도 자기만의 공간에서 내가 집중할 수 있는 대상에 몰입할 때 마음의 근육이 단단해지면서 앞으로 나아가게 됩니다.

우리는 실제의 작은 방이든 독립된 고요한 마음이든 자기만의 공간이 필요합니다. 나만의 공간에서 인생의 길을 찾아가면서 나에게 필요한 것이 무엇이고 불확실한 삶에서 어떻게 내 삶을 만들어갈 것인지 계속 생각해야 합니다. 그러는 과정에서 내가 단단해질 수 있습니다. 누군가 나를 위해 마련해준 삶을 살아가는 것이 아니라 내가 만들어갈 때 비로소 단단해집니다.

한때 아무리 생각해도 내가 내린 선택이 후회되고 돌이킬 수 없어서 힘든 시기가 지속된 적이 있었습니다. 그 당시 계절도 차가운 겨울이었는데 그때 박경리의 『토지』를 읽기 시작했습니다. 겨울이 시작할 때 읽기 시작해서 봄이 되자 읽기가 끝났습니다. 시대도 공간도 다른 소설 속 이야기지만 계속 읽어나갔고 봄이 되자 마음이 차츰 나아졌습니다. 이야기를 읽는 동안 괴로운 생각은 떨쳐냈을 수도 있었고, 새로운 사고를 할 수 있었거나 그저 주인공의 인생 여정 그 자체만으로 힘이 되었거나, 읽어가는 과정에서 말할 수 없이 많은 변화가 마음에 일어났기 때문일 것입니다.

소설을 읽을 때마다 또는 다른 장르의 글을 읽을 때마다 직접적인 답을 주지는 않는다는 사실은 매번 변함없습니다. 하지만 읽기를 하는 과정에서 몇몇 부분들이 내 삶을 비춰주기 때문에 그 부분을 계기로 내가 생각할 수 있었고, 그 생각의 힘으로 다시 나아갑니다.

얼마전 가상현실을 체험할 수 있는 기회를 가졌습니다. 불룩한 안경을 착용하기만 하면 내가 어디에 있든 눈 앞에는 완전히 새로운 세상이 생생하게 펼쳐지더군요. 그중에서 롤러코스트 타기 경험을 해봤습니다. 레일 주변은 실제 놀이동산처럼 꾸며져 있었고, 실제로 기차에 올라탄 듯했습니다. 기차가 천천히 출발했습니다. 기차가 오르막길을 올라갈 때 신기한 일이 일어났습니다. 기차가 꼭대기에 도달한 순간 아직 가

보지 않은 내리막길이 상상이 되면서 도저히 앞을 볼 수가 없고, 심장이 빨리 뛰고 공포가 밀려왔습니다. 그래서 후다닥 안경을 벗어버렸죠. 눈을 통과한 감각이 뇌로 너무 생생하게 전달되어 노력을 들여 상상력을 발휘하지 않아도 몰입하기가 쉬웠습니다. 몰입할수록 경험을 진짜 하는 것처럼 여겨졌습니다. 하지만 그 시간이 오래 지속되지 않더군요.

책 읽기는 가상 현실 체험과는 다릅니다. 책의 한 페이지를 읽을 때마다 우리는 상상력을 능동적으로 발휘해야 합니다. 사고라는 근육을 움직여야 합니다. 직접 체험하지는 않아도 이야기를 따라 가면서 주인공을 이해하기도 하고, 끊임없이 사고해야 합니다. 그래서 우리는 읽습니다.

여기서 10가지 같은 책을 읽더라도 우리 각자가 읽어내는 부분은 모두 다릅니다. '나'라는 존재가 모두 고유하고 독창적이기 때문입니다. 인생을 살아간다는 것도, 그 속에서 책을 읽는다는 행위도 모두 각자 있는 시간과 공간에서 일어나는 고유한 활동이기 때문에 이야기를 이해하는 방법도 다양할 것입니다.

책을 읽고 그 속에서 상상력을 발휘하고 계속해서 생각할수록 나만의 삶이 만들어지고, 더 고유한 자신이 될 것입니다.

추상적으로 쓰였지만 내가 단단해진다는 것, 나에게 필요한 것을 직접 만들어간다는 의미 자체가 추상적인 과정이기 때문이며, 추상적이라고 해서 존재하지 않는다는 의미는 아닙니다. 우리가 상상한다는 것은 우리 삶에 필요한 것을 능동적으로 찾아내고, 다른 사람이 우리에게 만들어서 제시하는 삶이 아니라 나만의 고유한 삶을 만들어간다는 뜻입니다.

이제부터는 여러분이 '읽기'라는 여정의 주인공이 되어 여러분만의 방식으로 읽어보세요. 여러분이 직접 발견하는 과정은 훨씬 더 다채롭고 생생하며 즐거울 것입니다. 무엇보다 책을 다 읽고 나면 겉으로 드러나지는 않지만 조금은 다른 자신이 되어 있을 겁니다. 그러다 기회가 되어 서로 인생의 길이 교차하는 길목에서 만나서 각자 어떻게 책을 읽었고 어떤 생각을 할 수 있었는지 나눈다면 읽기의 즐거움이 배가 될 것입니다. 그것이 바로 함께 읽기입니다. 우리가 걸어가는 길 위에서 한 번은 꼭 만날 수 있기를 바라봅니다.

함께 읽은 도서 목록

· 도리스 레싱, 『19호실로 가다』, 문예출판사, 2018

· 제인 오스틴, 『오만과 편견』, 민음사, 2003

· 이언 매큐언, 『속죄』, 문학동네, 2003

· 메리 셸리, 『프랑켄슈타인』, 열린책들, 2011

· 버지니아 울프, 『댈러웨이 부인』, 열린책들, 2007

· 하퍼 리, 『앵무새 죽이기』, 열린책들, 2015

· 마거릿 애트우드, 『시녀 이야기』, 황금가지, 2018

· 너새니얼 호손, 『주홍 글자』, 열린책들, 2012

· 윌리엄 포크너, 『내가 죽어 누워 있을 때』, 민음사, 2003

· 가즈오 이시구로, 『남아 있는 나날』, 민음사, 2010